TITUS
VERLAG

Das Buch

Spannend und zuweilen beklemmend wird die Geschichte um die Kostümbildnerin ›Jacqueline‹ erzählt. Der Traum vom großen Ruhm am Theater und die herben Enttäuschungen treiben die junge Frau zum Äußersten. Sie strebt danach, ihre ganz eigene perfekte Welt zu gestalten – mit allen Mitteln.

In ihrem Wahn verstrickt sich Jacqueline schnell in einem Szenario aus psychischen Abgründen, Gewalt und Allmachtsphantasien – dabei wollte sie doch nur von ihren Kollegen und den Theaterbesuchern geliebt werden. Schon als Kind musste sie Erfahrungen machen, die sie zu jener Frau werden ließen, die sie heute ist ...

Es wird eine Altersempfehlung für das Buch ab 18 Jahre ausgesprochen.

Der Autor

Sascha Ehlert wurde 1974 in Wiesbaden geboren und arbeitet seit 2001 als Autor. In diversen Verlagen veröffentlicht er Bücher in verschiedenen Genres. Von Kinderbüchern (»Die Zahnindianer«), Comics (»Singledefekt«) über Kriminalromane (»Milchshake für Blasius«), humorvolle Romane (»Merianstraße«) bis hin zu Thrillern (»Schwedenblut«).

Weitere Informationen im Internet unter **www.titus-verlag.de**
und zum Autor **www.saschaehlert.de**

Jackie

von

Sascha Ehlert

TITUS
VERLAG

Druck und Bindung:
AALEXX Buchproduktion, Großburgwedel

Illustrationen:
José Antonio Martin Vilchez

1. Auflage 2011

Bibliografische Information der Deutschen Bibliothek
Die Deutsche Bibliothek verzeichnet diese Publikation in der Deutschen Nationalbibliografie; detaillierte bibliografische Daten sind im Internet über http://dnb.ddb.de abrufbar.

ISBN 978-3-942277-32-7

Prolog

FURCHT KANN SEHR HILFREICH sein, wenn es darum geht, den Willen eines Menschen zu brechen. Es kann lange dauern, bis das Opfer seine eigenen Widerstandskräfte vollkommen in den Hintergrund drängt, nur um gefügig zu sein. Bloß um kein Leid mehr zugefügt zu bekommen - um keinen Schmerz mehr spüren zu müssen. Alles nur, damit die Furcht schwindet. Manche Menschen sind jedoch stark. Sehr stark. Stärker als man glauben mag. Hingegen schafft es niemand dauerhaft, seine Angst zu besiegen. Die Angst vor dem Tod ist stets allgegenwärtig, den Erhaltungstrieb kann man nicht unterdrücken. Todesangst ist kein geselliger Zeitgenosse. Jeder weiß, dass der Tod mit seinen Opfern nicht gerade feinfühlig umgeht.

Der kaum bekleidete Mann auf dem kargen, hölzernen Stuhl windet sich bereits seit Tagen und wird immer schwächer. Der Durst nimmt kontinuierlich von seinem Körper Besitz. Er schmeckt noch das Salz der letzten Ration auf seiner Zunge, und sein Speichel zieht äußerst trockene Fäden.

Jedoch hat sein Peiniger ihn deutlich unterschätzt. Die Prozedur hat diesmal länger angedauert. Länger als bei all den anderen zuvor. Als sehr zäh erweist sich dieser Mensch und sein Wille, all die Qualen zu überstehen – einfach nur, um zu überleben. Der archaische Trieb zum nackten Überleben kann ungeahnte Kräfte mobilisieren.

Obwohl der Mann schon viel Blut verloren hat und der Schmerz ihn fast in die Ohnmacht treibt, fährt ihm immer und immer wieder ein fester Gedanke durch den Kopf: ›Halte durch! Warum auch immer dir das angetan wird – halte nur durch!‹

Eine plausible Erklärung für das Martyrium erschließt sich dem zitternden Mann nicht. Nicht für den Grund seiner Situation. Nicht für das Motiv der Täter. Auch nicht, weshalb gerade er hier in diesem Raum sitzt. ›Warum ich? Das kann doch alles nicht wahr sein!‹

Er spürt, dass geronnenes Blut seine Haut spannt und frisches an seinem Unterschenkel herabfließt. Schmerz in seinen facettenreichen Varianten ist für ihn, seit er hier gefangen ist, keine neue Erfahrung mehr. Damit hat er in den letzten Tagen fast schon umzugehen gelernt. Der seelische Stress und der Überlebenskampf treiben ihn viel stärker an den Rand des Erliegens – und dieses Salz. Aber mit einem Ende, seinem Ende, hat er sich nicht abgefunden. Er will kämpfen - nicht aufgeben. ›Noch nicht!‹

Einen tatsächlichen Raum, eine Definition für diesen Ort, kann er sich nicht erschließen. Seit Stunden, Tagen, oder ist es schon eine Woche, wird er von grellen Scheinwerfern geblendet. Das Zeitgefühl hat ihn verlassen. Wird er es jemals wieder erlangen? Ist es draußen Tag oder Nacht? ›Werde ich die Sonne jemals wiedersehen?‹

Er nimmt Geräusche wahr. Jene Geräusche, die stets die Vorboten zu weiteren Attacken gewesen sind. Jene Geräusche, die nie etwas Gutes bedeutet haben. Eine Tür. Schritte. Hände, die sich voller Vorfreude reiben. Leises Kichern. Seine Nervosität steigt erneut. Mit ruckartigen Bewegungen versucht er, sich mit seinen wenigen Kräften, die ihm geblieben sind, aus den Fesseln zu lösen – den Geräuschen und ihren Verursachern zu entkommen. Jedoch wird es ihm kaum gelingen. Seine Despoten wissen, was sie tun. Die Seile sind nicht dick, aber fachmännisch angelegt. ›Wo sind sie …?‹

Das Sehvermögen des Mannes ist beträchtlich eingeschränkt, findet jedoch allmählich wieder zu einer geringen Funktionalität. Nichts ist zu sehen. Nur grelles Licht. Und diese Geräusche. Diese Geräusche, die er wahrnimmt, und er weiß: ›Die Schweine sind hier!‹

Aufmerksam versucht der Mann an den Scheinwerfern vorbei, eine Bewegung zu erhaschen. Eine Silhouette. Irgendetwas. Er will seine Gegner sehen, möchte auf den nächsten Angriff vorbereitet sein – ist bereit für jeglichen Schmerz. Jedenfalls glaubt er das.

»Im Stilln ein kleines Küsschen?« Da, es ist sie. Sie redet wieder mit ihm. So, wie sie es stets tut. Eigenartig. Ganz speziell. Unverwechselbar.

»E-ein Küss-chen?«, der Mann bekommt die Worte kaum über die Lippen, aber er will antworten. Er muss Kontakt zu ihr haben. ›Vielleicht hat sie Gnade mit einem Opfer, das redet. Das Sympathie erweckt. Das Mitleid erregt.‹ Er kann kaum denken, aber ihm fällt auf: ›Wieder aus Othello. Was soll das Ganze bloß?‹

»Wer keusch sein will und so was tut, der lädt ein seine Keuschheit zum Teufelstanz.«

»T-teufels-tanz?«

Im nächsten Augenblick zischt ihm eine Hand entgegen, packt sein Haupthaar, zieht den Kopf in den

Nacken, und eine männliche Stimme sagt: »Lächle, Jago!«

›Er ist auch da! Wie sollte ich jetzt lächeln?‹, der Gedanke schwimmt in gleichen Gewässern, wie die Furcht des Opfers.

»Lächle! Lächle, Jago, als wäre es das letzte Mal.«

Das Opfer begreift zu spät. Sein Brustkorb bebt. Das Herz stockt eher, als dass es rast. Seine Lunge leert sich schneller, als er sie wieder füllen kann. Die Ohnmacht ist nahe, wird jedoch überwunden. Er fühlt kaltes, geschärftes Metall in seinem Mundwinkel im vergeblichen Versuch, ein Lächeln aufzubringen.

Nun wird er für immer lächeln …

Verletzt im Wald

NIEMAND WAR SONST in diesem Wald. Kein Mensch ahnte, dass ich mich hier hingeschleppt hatte. Dass ich es so weit geschafft hatte, grenzte an ein Wunder. Ich war allein. Vollkommen einsam. Ich spuckte Blut und Galle. Die Funktionen meines Körpers spielten mir einen Streich. Meine Muskeln vibrierten. Meine Gelenke rieben aneinander und hatten Mühe, sich zu regen. Meine Schmerzen boten den einzig verbleibenden Vorteil, dass ich mir durch sie noch sicher sein konnte, am Leben zu sein.

Das Licht des Mondes schien auf mich herab, und ich hörte die Äste und die Blätter, wie sie sich im Winde wiegten und ein leises unheilvolles Lied anstimmten. Ich kannte diese Melodie. Schon viel zu oft hatte ich ihr lauschen müssen. Die Klänge hatten etwas Endgültiges. Strichen mir zart über den Kopf, als wollten sie sagen: »Bleibe! Geh nicht fort! Bei uns hast du deine Bestimmung gefunden!«

Nur hatte ich noch zu viel Leben in mir, als dass ich liegen bleiben konnte. Ich wusste, dass diese neue Situation nicht gut für mich enden würde, wenn ***er*** mich hier wiederfände. Ich hatte mir Zeit verschafft, konnte fliehen, aber jetzt musste ich weiter. Weiter fort von ihm. Er hatte seine grausame Hand nach mir ausgestreckt und nach mir gegriffen. Aber wirklich zu packen hatte er mich nicht bekommen. Seine Faust erwies sich als zu schwach für mich. Ich konnte seine Qualen überwinden, seinen Geist besiegen.

Jetzt gab mir der Wald außer der bedrohlichen Melodie ebenfalls den nötigen Schutz, den ich so dringend brauchte - nach meiner Flucht vor ihm. Niemand außer ihm würde mich vermissen. Ich musste weiter. Immer weiter, und das Mondlicht wies mir den Weg ins Ungewisse.

Geboren wurde ich als Jacqueline, war nun jedoch dem Tode näher als meinem alten Leben. Mein altes Leben. Wie das klingt. Hatte ich zuvor ein Leben? Ich hatte mich verändert, wurde eine völlig andere Frau in den letzten Tagen, in den letzten Wochen, bevor ich vor ihm floh, und erst recht, als er versuchte, mich zu zerbrechen. Er hatte mich gewürgt, erniedrigt, gequält und zu zermalmen versucht. Jedoch hatte er es nicht geschafft, mich zu demütigen. Hingegen hatte er einen Stein, *den* Stein, ins Rollen gebracht. Ich bin die geworden, die ich nun bin. Vielleicht bin ich auch schon immer so gewesen, aber hier im Unterholz nahm ich meine Verwandlung erst tatsächlich wahr.

»Es wird nur einen Moment wehtun«, hatte er immer wieder gesagt. »Halte durch, dann wird es dir besser gehen!«

Ich glaubte ihm nicht. Er trieb ein Spiel, das nichts mit Vergnügen gemein hatte. Wenn ich in seine Augen sah, dann erkannte ich den Wahnsinn hinter seiner Stirn. Sein Blick flackerte. Die Lider zuckten. Der Speichel im Mundwinkel tropfte, und das Beben seiner Lippen zeigte mir, dass er einem besonderen Trieb folgte. Er empfand offensichtliches Gefallen daran, was er mir antat. Aber er hatte es nicht zu Ende gebracht. Nicht zu Ende bringen können. Ich bin stärker gewesen, als er dachte. Ich hielt durch. Länger als es ihm vorstellbar war. Das Spiel spielten wir dann nach meinen Regeln, und als ich die Panik in seinem Blick erkannte, wusste ich es. Ich wusste, dass ich es schaffen konnte. Er würde nicht durchhalten. Nicht sehr lange. Meine List hatte einen Fehler auf seiner Seite zur Folge. Darauf wartete ich. Und dieser Moment kam.

All das Blut, das ich verloren hatte, machte mich nun schwach. Eigentlich viel zu schwach, als dass ich mich noch hunderte Meter durch das Unterholz kämpfen konnte. Das Laub rieb an meinen Beinen wie grobkörniges Papier. Insekten versuchten, an mir ihren Instinkten nachzugehen. Pflanzen, Tiere, Äste stachen auf meine empfindsame, unbekleidete Haut ein, malträtierten sie ohne Unterlass. Ich schüttelte jegliches Leid von mir ab. Mein Körper war mehr ein Instrument, um meinen Geist zu retten, als dass er zu mir gehörte. Meine Muskeln brannten, ob sie sich nun intakt oder verletzt zeigten. Ich arbeitete mich weiter. Robbte. Ging. Fiel. Zog und wandt mich. Immer weiter. Vorwärts. Irgendwo hin. Fort. Ich hatte keine Kenntnis, wohin ich da kroch. Ich wollte nur weg. Einfach weg. Weg von ihm. Weg von diesem Ort. Weg von dem Theater, das ich vormals so geliebt hatte. Irgendwo hin, wo mir Sicherheit gewährt wurde. Wenn er mir auf den Fersen gewesen wäre, ihm könnte nichts leichter fallen, als mein flackerndes, ausgedünntes Licht in seine harrende Dunkelheit zu hüllen.

›Die Sonne zeigt vor Leid nicht ihr Gesicht‹, ging es mir durch den Kopf, und ich legte Meter um Meter in der Dunkelheit zurück. Ich wusste, die Sonne würde auftauchen und mit ihr ein Stück meines Leides vergehen.

Mit dem Gedanken an mein geliebtes Theater hielt ich mich am Leben. Jedoch hat das Theater niemals mich geliebt - mich nie geachtet. ›Von hier verbannt, heißt aus der Welt verbannt.‹

Es war nicht neu für mich, harte Zeiten zu überstehen. Schon früh, schon in meiner Kindheit, war ich der Meinung: »Mein kurzer Lebensfaden reicht nicht, um langes Garn zu spinnen.« - Aber ich sollte mich irren. Auch an jenem Tag ahnte ich nicht, welche Überraschung noch auf mich warten würde.

Es dauerte Stunden. Mein Körper schmerzte und zehrte von den letzten Kraftreserven, die aus den hintersten Winkeln meines Willens hervortraten. Keine Kraft, doch großer Wille. Purer Wille.

Die Mauern des Gebäudes nahm ich erst spät wahr. Ich stieß fast darauf, als das Gestein in einem blitzenden Moment der geistigen Klarheit vor mir aufragte. Es sollte meine Zuflucht werden. Meine Unterkunft und die neue Stätte meines Schaffens.

Ich konnte mein Glück kaum fassen. Zitternd, fast ohnmächtig vor Schmerz, kauerte ich an einem entlegenen Ort, den seit Jahren niemand mehr besucht hatte. Es war dunkel. Gut so. Dunkelheit wärmte meine Seele. Einsamkeit umgab mich hier. Besser konnte ich es jetzt nicht haben. Verlassen und teils verfallen lag mein Obdach brach und war doch von geradezu unirdischer Schönheit. Es war nun mein Ort. Mein Ort ganz allein. Ich hatte wieder einen Platz des Rückzuges - so wenig real er auch erscheinen mochte.

Bereits als ich noch ein Mädchen war, kaum sechs Jahre alt, hatte ich mir einen Ort der Sicherheit gesucht und verschafft. Ich wurde damals schon verletzt, und meine Seele litt schwer. Mein Reich war zwar nur eine kleine, alte Hundehütte, deren Bewohner von einem schweren Lastwagen aus dem Leben gerissen worden war, aber diese Hütte war *mein* Platz, meiner ganz allein, an den ich mich zurückziehen konnte. Mein Ruhepol. Niemand hatte mich in diesem Verschlag vermutet. Ich war dort allein. Allein mit mir. Mit meinen Ängsten. Mit meinen Hoffnungen. Mit meinen Träumen. Mit meinen Rachegefühlen. All diese Empfindungen schlummerten lange in mir. Nur ich allein kannte sie – und meine ständigen Begleiter: meine Puppen.

Ich schmiedete Pläne, legte mir das Puzzle meiner Welt in meinem Kopf zusammen, und plötzlich ergab alles wieder einen Sinn. Es war nun eine gute Welt. Gut für mich. Schlecht für all diejenigen, die sehr hässlich zu mir gewesen waren.

Den Klang der Worte konnte ich niemals vergessen. »Feuerbalg! Feuerbalg! Brennen sollst du, Feuerbalg!«, haben sie immer wieder gerufen. Immer und immer wieder. Wenn ich diese Worte vernahm, dann zerfiel meine Welt in sich, und ich dachte nur an meine Hütte.

Ich war so klein. So jung. Ich war so unschuldig. Niemanden hatte ich, der mir zur Seite stand. Niemanden, außer meinen besten Freunden. Meine Puppen gaben mir Halt. Sie liebten mich. Jede von ihnen. Abgöttisch. Für sie war ich ihr Ein und Alles. Sie warteten auf mich in meiner Unterkunft und gingen niemals fort. Sie riefen mich zu keiner Zeit ›Feuerbalg‹. Sie ehrten mich. Sahen zu mir auf. Für sie war ich ein Star. Der Star, der ich immer sein wollte. Für sie war ich schön. Nur konnte ich dies für andere niemals sein. Nicht mit diesem Gesicht.

Das Mal unter meinem rechten Auge hatte ich von Geburt an. Niemand konnte mir tatsächlich erklären, was es bedeutete, wo es herkam. Eine Mutter gab es für mich nicht. Hatte diese Frau, die mich austrug, ebenfalls ein solches Mal? Erfahren sollte ich es nie. Ob sie verschwand, verstarb oder sich mir einfach niemals zu erkennen gab, lag außerhalb meiner Kenntnis. Einen Vater? Einen Vater, der für seine Tochter Liebe und Verständnis aufbrachte? Ich hatte einen Vater. Gewiss. Gesehen habe ich ihn zweimal.

Er kam mich eines Tages besuchen, da wusste ich noch nicht, welche Person da vor mir stand. Ich sah nur seinen Blick. Diesen angewiderten, abfälligen Blick, der von oben auf mich hinabbrannte, auf mich niederging wie donnernde Hiebe mit der harten Pranke eines lieblosen Fremden, und seine Augäpfel wanderten über dieses … Mal.

»Du bist also … diese Jacqueline«, zischte er und konnte mir kaum direkt in die Augen sehen. Mein leises Nicken vernahm er nicht, und meiner wunderschönen Puppe in meinem Arm schenkte er ebenfalls keine Beachtung. »Es heißt, ich wäre dein Vater.« Ich wusste, dass ich nur seinen Namen trug, der mit den Jahren stets verändert wurde. Diverse Pflegeeltern ließen in der Euphorie zu Anfang stets meinen Zunamen anpassen. Diese Namen bedeuteten mir nie etwas. Ich war einfach nur Jacqueline. »Wie ich sehe, geht es dir gut. Nun, … dann werde ich mal wieder gehen.«

Dieses Feuermal in meinem Gesicht, das meinen Vater offenbar mit Hass erfüllte, bestimmte mein Leben von Beginn an. Nach der zweiten Begegnung mit diesem Mann, diesem Menschen, der mir kurzzeitig als mein Vater vorgestellt wurde, sah, ging er aus dem Haus, in dem ich wohnte, und schaute sich nicht einmal um. Er hatte alles geregelt. Ich wurde zurückgelassen wie ein ungeliebtes Möbelstück. Zurückgelassen mit mir und meinem Schicksal.

»Feuerbalg! Feuerbalg! Brennen sollst du, Feuerbalg!« Wenn sie dies riefen, wusste ich, was ich zu tun hatte: rennen! Einfach nur fortlaufen. So schnell ich konnte. Und ich schaffte es immer wieder. Ich setzte mich durch. Ich war schneller und bot alle Kräfte auf, um ihnen nicht in die Hände zu fallen. Meine Puppen sprachen mir in meiner Hütte stets Mut zu, dass ich wieder zurückkehren würde, dass ich sie alle spüren lassen würde, was sie mir angetan hatten. Und so tat ich es eines Tages. Sie waren auch nur Kinder, sollten jedoch schnell lernen, was es bedeutete, Leid zu erfahren.

Das Werkzeug für meine Rache war ein kleiner Junge, der selbst zu fast jeder Zeit von anderen Kindern erniedrigt wurde. Demütigungen musste er über sich ergehen lassen. Kränkungen, Beleidigungen, Angriffe zu jeder Tages- und Nachtzeit. Geachtet wurde er niemals. Von keinem. Selbst ich konnte kaum Sympathie für ihn aufbringen. Dieser Bastian war schwach, aber ich machte ihn stark. Ich erkannte, dass ich ihn führen konnte. Durch mich erlangte er Bedeutung. Wir spielten, wir sprachen, und bald gewann er das nötige Vertrauen zu mir. Ich schürte in ihm den Drang, seine Rache ausleben zu wollen. Bastian war klein und schmächtig. Der blonde Junge hatte sich niemals wehren können. Durch mich lernte er, dass jeder sich verteidigen kann.

»Ich schaffe das nicht«, winselte er noch zu Anfang, und ich hatte Mühe, ihn auf meiner Seite zu halten. »Ich traue mich das nicht.«

»Und ob du dich das traust, Bastian«, fauchte ich und packte ihn am Arm. »Es ist ganz einfach. Tu es, und halt danach einfach den Mund. Tu es einfach!«

Die Flasche Spiritus hatte lange in meiner Hütte gelagert, nachdem ich sie in dem Heim, in dem ich wohnte, heimlich aus einem offenen Schrank entwendet hatte. Sterben sollte keines der Kinder, die mich und Bastian verfolgten. Sie sollten nur ein wenig leiden. Spüren, was es bedeutete, Angst zu empfinden. Große Furcht sollte über sie kommen.

Als die Nacht hereinbrach, tat Bastian, was ich ihm aufgetragen hatte. Alle schliefen bereits tief und fest. Er bekam von mir den Spiritus, verteilte ihn auf dem Gang, zwischen den Betten und an den Türen. Zum Schluss zündete er ihn an und rannte als erstes Kind aus dem Gebäude, um nach Hilfe zu rufen. Alle anderen waren durch die Flammen geschockt und eingeschüchtert. Sie schrien. Weinten. Jammerten. Mittendrin saß ich und erfreute mich an dem Geschrei. Nach und nach wurden alle gerettet – fast alle. Es war ihre eigene Schuld. Warum versteckten sie sich auch unter ihren kleinen Betten, wo sie niemand entdecken konnte? Wie hätte sie die Feuerwehr in dem Gemisch aus Rauch, Flammen und Adrenalin auch finden können? Einige Kinder schafften es nicht. Das hatte ich nicht gewollt. Aber jede Rache birgt nun mal ihr Risiko. Jede Rache kann zu weit gehen. Doch ändert dies nichts an ihrer verführerischen Süße.

Die geretteten Kinder kamen auf der Feuerwehrstation in eine Notunterkunft. So auch ich. Keiner ahnte, dass Bastian geschweige denn ich mit der Sache etwas zu tun haben könnte. Wir waren rein. Unschuldig. Kinder eben. Als sich die anderen beruhigten, ohne jedoch annähernd begriffen zu haben, was ihnen widerfahren war, stimmte ich leise mein Lied an: »Feuerbalg! Feuerbalg! Brennen sollst du, Feuerbalg!«

Mit ihren großen Äuglein blickten sie mich an und verstanden. Sie wussten nun, dass es ein Fehler gewesen war, mir wehzutun, und sollten es für lange Zeit unterlassen. Keiner wagte es, nur ein Wort zu jemandem zu sagen. Ihre Angst vor mir war stärker. Ich war stärker als sie alle.

In dieser Nacht in dem Fabrikgebäude, als ich meinen neuen Unterschlupf gefunden hatte, ahnte ich, dass ich auch zu ***ihm*** zurückkehren würde. Dass ich zu ihnen allen zurückkehren musste. Die Rache sollte auch diesmal mein sein. Der Schleier vor meinem Plan lüftete sich von Tag zu Tag ein wenig mehr, und ich wurde mir klarer über mein eigenes Ich. Das Theater lag nicht in weiter Ferne, doch fern genug für mich, um unentdeckt zu bleiben. Dort befanden sie sich alle. Alle, die mir neuerliche Herabwürdigungen und Pein zugefügt hatten. Ich musste nur zu Kräften kommen und tun, was meine Bestimmung war. Meine Wunden sollten nur ihren Heilungsprozess vollenden. Der Tag würde kommen, an dem mein großer Traum sich erfüllen würde. Aber noch viel Arbeit und große Qualen mussten vorausgehen.

Hier in meinem Versteck hatte ich alles, was ich zum Überleben benötigte. Die Glasfabrik, in der vor Jahren noch das mittlerweile überholte Waldglas hergestellt wurde, mitten in meinem geliebten Forst gelegen, bot außer Zuflucht in alten Küchenräumen halbwegs genießbare Nahrung, teilweise recht gut erhaltene Kleidung und die notwendige Ruhe, nach der es meinen Körper dürstete. Ich spürte, wie mein Inneres sich regenerierte und gleichsam von Stunde zu Stunde mächtiger wurde. Seele und Fleisch bildeten wieder eine Einheit. Ich wanderte über Tage und Wochen durch mein neues Zuhause, strich über wunderbare Glaswände und summte immer und immer wieder in alten Erinnerungen schwelgend: »Feuerbalg! Feuerbalg! Brennen sollst du, Feuerbalg!«

Ich würde es ihnen allen bald zeigen. Ich würde zu einem Star werden. Das war mein Plan. So musste es kommen.

Schon damals, als kleines, scheinbar hilfloses Mädchen, zog ich mich über mehrere Tage zurück, nachdem mich die Horde wütender Kinder durch das Gelände gehetzt hatte. Sie jagten mich und wollten mir einfach nur wehtun. Leid sollte ich erfahren. Schmerz meinen Körper heimsuchen. Mein Mal verlieh ihnen Grund genug, ihrer bösen Natur freien Lauf zu lassen. Nur weil ich anders war, musste das Mädchen Jacqueline auf der Flucht sein.

Aber wehgetan habe dann nur ich ihnen. Die Welt dreht sich, und manchmal in deine Richtung. Du musst ihr nur den richtigen Anstoß geben. Es bereitete mir schon damals ein besonderes Vergnügen, in die Haut eines neuen Menschen zu schlüpfen, und meine Puppen schienen ebenfalls Gefallen daran zu finden, mich dabei zu beobachten. Das Schauspiel gab mir Labsal und Lebensfreude. Meine Puppen hatte alles verzückt, was ich tat. Sie haben mich niemals ›Feuerbalg‹ gerufen.

Die Fabrik barg für mich einige besondere Überraschungen. Nicht nur, dass sie mir wieder die Möglichkeit gab, Leben in mich einzuhauchen. Sie bot mir die Option, meinem Traum direkt und vor Ort ein Stück näher zu kommen. Und ***er*** würde mir dabei helfen können. Er hatte den nötigen Charakter, um mir meine Puppen zu bauen. Ich wollte wieder meine ganz eigenen Puppen haben. Ihn brauchte ich nur als meinen Lakaien.

In dieser Fabrik, die – mit gläsernen Räumen ausgestattet – die perfekte Stätte bot, sollte es geschehen. Ich würde meine Träumerei wahr werden lassen. Nichts sollte mehr so sein wie zuvor. All das, was der Puppenbauer an mir versucht und bereits im Geiste hunderttausend Mal ausgeführt hatte, sollte mein Werkzeug werden, um mich selbst zum Star zu küren. Damit meine Puppen wieder begeistert von mir sein würden.

Meine Zeit würde kommen ...

Hetzjagd

DER NEBEL MACHT es dem Mann nicht einfach, sich zu orientieren. Sein Blick erreicht kaum mehr als wenige Meter. Seine Lunge zischt und brennt vor Anstrengung. Die Beine werden schwerer, denn der Untergrund ist kaum geeignet für seine übereilten, fieberhaften Bewegungen. Er weiß, dass seine Verfolger ihn im Visier haben. Sie sind hier. Die Jäger haben die Fährte aufgenommen. Er ahnt, dass sie von ihm nicht ablassen werden. Der Wald, in dem er sich befindet, soll nun entweder seine Zuflucht oder sein Verderben werden. Noch hat er Hoffnung zu entkommen. Noch ist nicht alles verloren.

Seitdem er aus dem Theater flüchten konnte, ist die Jagd auf ihn eröffnet worden. Aus dem scheinbar sicheren Gemäuer um den Schauplatz der Erheiterung hat es ihn nun hinaus in die dunkle Nacht verschlagen, die sich lediglich vom Licht des Mondes getränkt zeigt. Einen Schritt nach dem anderen legt er in dem Geäst zurück und kämpft sich über raues Wurzelwerk von Baumstamm zu Baumstamm. Er weiß: Sie sind ihm auf den Fersen.

Die feuchte Luft umgibt die Birken wie ein sanfter Saum, und nur allmählich durchschneidet der Mann den Schleier. In jeder Sekunde kann es vorbei sein. Hinter jeder Ecke könnte einer seiner Feinde lauern.

»Jago, sieh dich sehr sorgsam um.«

Da ist sie wieder – sie spricht zu ihm.

Er schreckt auf wie ein Reh, das ängstlich die Gefahr wittert. Nur kann er sich keinen Reim darauf machen, weswegen sie ihn schon wieder ›Jago‹ nennt.

Er weiß um die Figur, er hat die Gewissheit, welchen Stellenwert sie im Theater einnimmt.

›Was hat das alles mit mir zu tun?‹, denkt er und beginnt wieder zu laufen, zu wanken.

Die Angst des Mannes legt sich wie Eis auf seine Glieder. Er ist starr, muss jedoch seinem Impuls zur Flucht folgen. Schattenbilder tauchen auf und verschwinden. Sie sind wieder da. Entrücken im selben Moment. Rechts. Links. Hinter ihm. Ketten rasseln. Gelächter im Nebel. Kichern. Ein Zischen. Mit ruckartigen Bewegungen verändert er immer wieder seine Richtung, schlägt Haken und weiß nicht mehr, welchen Weg er vormals eingeschlagen hatte. Wie ein Hase auf der Flucht vor dem Habicht versucht er, seine Verfolger zu verwirren.

»O hätt der Lump doch hunderttausend Leben.« Sie ist die Anführerin, die Herrin der Bande. Alle richten sich nach ihr, aber nur sie spricht in diesem Wald. Die Gefolgschaft kichert nur. Lacht auf der Jagd.

Jackie hetzt ihre Opfer bis zur Verzweiflung, bis sie erschöpft zusammenbrechen, und auch ihr ›Jago‹ wird es bald geschafft haben. Bald ist er an seiner Bestimmung angelangt.

Dem Mann gelingt es, lange durchzuhalten. Er ist stark und schnell. Jackie und ihre Meute haben Mühe, ihn einzukesseln. Jedoch sind sie darin geübt und können sich auf Schwierigkeiten einstellen. Sie umkreisen die Beute und schlagen zu, wenn sie es wollen.

»Wo sind sie, die Bluthunde?«, ruft Jackie und verwirrt ihr Opfer auf ein Neues. »Wo sind sie nur?« Sie versteht sich gut darin, den Mann an den Rand des

Wahnsinns zu treiben. Er schwitzt, zittert, die blanke Angst steigt in ihm auf.

Er erkennt, dass mehrere hinter ihm her sind. Sind es Menschen, Tiere, Geister? Unmenschliches Treiben jedenfalls. Nichts, was er zuletzt gesehen hat, deutet auf menschliche Güte und Mitleid hin. Sie hetzen ihn durch den Wald, als wäre er Freiwild. Als hätte er kein Recht auf Leben. Aus reiner Freude an der Jagd. Aus Lust an der Qual. Das laute Gelächter, das durch das Geäst hallt, zeugt von zügelloser Begeisterung.

»Was wollt ihr, verdammt?«, brüllt er vollkommen außer Atem. »Was wollte ihr von mir? Was hab ich euch getan?«

»Jago!« Die schallende Stimme Jackies durchdringt den Nebel. »Jago, der Krieg ist aus.«

»Welcher Krieg? Was soll das?«

»Jago, komm! Sieh dein Schicksal!«

Dies will der Mann jedoch nicht zulassen. Er beginnt, erneut zu rennen und prallt im nächsten Moment gegen einen Körper, der ihn zu Boden taumeln lässt. Er liegt im Laub und blickt auf. Ihm offenbart sich ein unglaubliches Gesicht. Narben, starrer Blick, bleiche Haut, kein Wort. Angsterfüllt kriecht der Mann zurück. Er blickt auf die unwirkliche Erscheinung. Tiefschwarzes schulterlanges Haar, schwarze Lider, blutverschmierte Kleidung, die dem Theaterwesen entsprungen sein muss. Sie sieht aus wie eine tote und doch lebendige Puppe. In ihrer Hand hält die Frau eine Kette umklammert. In drängenden Bewegungen stürzt er auf seinen Händen und Füßen hinfort, doch stößt er alsbald auf Gegenwehr. Weitere Beine versperren ihm den Weg. Als er aufschaut, erblickt er ebenfalls tote Augen, umgeben von überschminkter leichenblasser Haut. Seine Gegnerin hat eine blaue Schleife im Haar, die im Mondlicht zu leuchten scheint. Sie hält ein rot verschmiertes Stofftier im Arm, als wäre sie ein Kind, als würde sie als Lieblingspuppe um Jackies Gunst buhlen.

»Scarlett, Ruby, nicht so schnell. Eile mit Weile.« Die Stimme erklingt mit einer Dominanz, die dem Mann eine neue Chance zu eröffnen scheint. »Wie oft sind Menschen in der Sterbestunde bei bester Laune. Ihre Wärter nennen's Erlösungstaumel. Doch sterben soll er nicht.«

Er kraucht um die Hindernisse herum. Erkennt die freie Bahn und drängt erneut auf Freiheit. Das besagte Opfer will es schaffen – will entkommen.

›Ihr bekommt mich nicht. Und wenn, dann nicht so einfach.‹ Dieser Gedanke verleiht ihm neuen Mut.

Der Nebel soll nun doch seine Zuflucht werden. Dünne Äste brechen unter seinen Füßen, Schweiß tritt erneut auf seiner Stirn hervor. Schweiß, der nach purer Angst riecht. Getränkt in eine Lache aus Spott und Hohn. ›Habe ich überhaupt eine Chance? Spielen sie nur mit mir?‹

Seine Gegenspieler geben ihm nur wenige Augenblicke, da erfährt der Mann einen derben Hieb mit einem harten Gegenstand. Sein Rückgrat entsendet glühende Lanzen des Schmerzes in sein Bewusstsein. Er fällt bäuchlings nieder, rührt sich nicht. Ist er besiegt?

»Jago, armer Jago, wirk nur, mein Gift, wirk nur! So fängt man leichtgläubige Narrn.«

Den Schlag mit dem Knüppel hat der Puppenbauer gezielt ausgeübt. Das Opfer soll nicht weiter verletzt werden. Nur ruhiggestellt. Der Mann windet sich vor Qualen jammernd zu Füßen seiner Rivalen. In seinem Gesicht erkennt man deutlich das Leid. Doch Jackie kennt kein Erbarmen. Ihre schwarzen Zöpfe und ihre dunkle Wange spiegeln sich im Licht des Mondes wider. Ihre weiße Schürze über dem türkisenen Kleid ist getränkt mit Blut und Furcht ihrer Opfer. Sie hat ein Ziel vor Augen und wird dies zweifellos erreichen. Erreichen müssen. Koste es, was es wolle. Mitleid, Anteilnahme und Barmherzigkeit sind ihr fremd. Schmach überkommt den Mann, als Scarlett und Ruby sich neben ihm niederlegen, sich kichernd an ihm laben wie an einem köstlichen Stück Fleisch. Sie muten an wie gierige Hyänen, die den Geruch ihrer Beute anzunehmen streben. Ekel überkommt das Opfer. Furcht und unermesslicher Ekel.

»Jetzt, jetzt ist Hexensabbathzeit der Nacht«, gibt Jackie in ihrer unnachahmlichen Art zum Besten. Die Sprache des Theaters ist ihr in Fleisch und Blut übergegangen, und ihr Gefolge weiß, welch Kommando dies sein soll.

Mit harten Tritten und Schlägen versetzen Scarlett und Ruby den Mann in einen Zustand der Ohnmacht. Der Puppenbauer bewacht das Treiben und gebietet Einhalt, geht die Gewalt zu weit. Das Opfer soll nicht seinen Verletzungen erliegen, nur kampfunfähig bleiben. Die gläserne Stätte der Qualen wartet auf ihn und soll nun seine Bestimmung werden. Scarlett fesselt seine Beine und umfasst das Seil mit Ruby, um ihn durch das Unterholz zu ziehen. Weiter, immer weiter. Die Kleidung des Mannes verschleißt schnell, und auch die Haut darunter erleidet blutige Abschürfungen.

In der Stätte der Leiden angelangt, gibt Jackie eine letzte Anweisung, bevor die Arbeit beginnen soll. »Verrammelt die Türn hinter ihm, dass er nirgends den Narrn spielen kann als im eigenen Haus.«

Ihre Meute folgt ihr aufs Wort …

Allein in der Nacht

DIE NÄCHTE WAREN FÜR mich zu jeder Zeit eine Qual. Solange ich mich zurückerinnern konnte, führte mir mein Unterbewusstsein den immergleichen Traum vor. Immer und immer wieder. Jede Nacht. Erinnerungen aus Kindertagen. Albträume, die mich schweißgebadet aufwachen ließen. Niemand ahnte je von meiner Vergangenheit. Keiner, der mich nach meinem Kindesalter kennenlernte, wusste darum. Ich habe es nie erzählen wollen. Sie wussten nichts. Nur diejenigen, die es mir angetan hatten. Diese nur zu gut.

Jeden Abend, auch hier im Theater, legte ich mich mit Schaudern zur Ruhe. Obwohl mich die Müdigkeit schon regelrecht überfiel, harrte ich aus bis zur letzten Sekunde, wollte den Schlummer überlisten. Doch es glückte mir niemals sehr lange. Manches Mal überlistete ich eine Phase des Schlafes, doch meist in der zweiten oder dritten Nacht kam es, wie es kommen musste. Mein Körper kapitulierte und ich fiel in Morpheus' Arme. In die Klauen der Träume. Ohne Halt. Weit hinab in vergangene Tage. In Tage, die ich bei Bewusstsein längst verdrängte, die mich in der Dunkelheit jedoch schneller einholten, als die Sonne jemals aufgehen mochte.

Ich spürte die Fesseln an meinen Knöcheln und an den Handgelenken. Meinen Rumpf konnte ich kaum rühren, weil auch dieser fest mit dem Untergrund verankert war. Die Gurte zogen und zerrten, spannten sich immer weiter und ließen sich auf einen Gewaltakt mit meinem kindlichen Körper ein. Mein

Körper oder diese Gurte, was würde als erstes nachgeben? Was würde als erstes brechen? Auf dem Laken streckte ich Nacht für Nacht meine Glieder weit von mir und versuchte, gleichzeitig zu ziehen, auch wenn die Gegenwart keine Gurte für mich bereithielt. Wieder zurück in meinem Traum konnte ich dieses Gesicht ausmachen, das durch die mit Metalldrähten verstärkte Scheibe an der Tür sah. Der Bärtige mit der runden Brille schaute ernst. Seine dunklen, buschigen Haare gaben kaum die Lippen preis. Ich wusste nie, ob er Freude oder bloßes Interesse an seiner Arbeit empfand. Arbeit. Kann das wirklich Arbeit sein, ein Mädchen zu fixieren und dabei dieser Qual auszusetzen?

Er blickte mich an. Professionell unterkühlt. Eisig. Strich mit den Fingerspitzen in einem geringen Anflug von Genuss über das Revers an seinem weißen Kittel. Ich erhöhte den Zug auf die Gurte in wildem Sehnen, sie zu zerreißen, doch gelang es mir nie. Weder als Kind noch in meinem Traum. Nachts sah ich das Szenario ganz deutlich. Sah ***ihn*** ganz deutlich, und so formte mein Körper auch träumend ohne Gitterstäbe an meinem Bett ein ausgebildetes Kreuz. Ich spürte Schmerz. Wer hat je behauptet, dass man in Träumen keine Schmerzen empfindet? Sie waren in mir. Schmerzen ohne Unterlass. So wahr wie all das Blut, das ich vergoss. Schmerzen, geboren in diesem Traum.

Er trat zur Tür herein. Langsam. Und je langsamer er an mein Gitterbett heranschritt, desto wilder versuchte ich, mich zu wehren, mich zu befreien, ihm endlich zu entkommen. Jedoch war er sich sicher. Er schien keinen Moment Bedenken gehabt zu haben.

Ich war seine Patientin – seine Gefangene. Er war mein Herr, ich musste mich seinem Willen beugen. Doch war ich zu keiner Sekunde meines Lebens bereit dazu.

»Du musst nicht so zappeln«, sagte er leise und ausgesprochen ruhig, und seine Stimme wurde durch meine rohen Erschütterungen beinahe übertönt. »Du musst nicht so zappeln.« Er sagte es mit einer störrischen Regungslosigkeit, die seine Überlegenheit zusätzlich unterstrich. »Wenn du zappelst, wird es nur schlimmer.« Er sagte diese Sätze immer. Viel mehr gab er nicht von sich, wenn wir alleine waren.

Wenn ich einsam war, dann war die Furcht vor der Dunkelheit ganz nahe, die Furcht vor dem Schlaf. Wenn die Nacht hereinbrach, dann liebte ich es, wenn der Mond auf mich niederschien und mich wach hielt – mich nicht schlafen ließ. Wenn ich alleine war, dann stand es mir bevor, dann war ich kurze Zeit später auch alleine mit ihm.

Als ich an meinem Theater ankam, war ich allein in dieser Stadt. Ich war allein, obwohl ich gerade erst glaubte, an diesem Theater mit neuen Kollegen, hoffentlich guten Kollegen, ein neues Leben beginnen zu können. Viele Jahre bin ich herumgeirrt in meinem Leben. Erlebte Dinge, von denen die meisten anderen noch nicht einmal im Entferntesten eine Ahnung hatten. Immerfort trug ich einen Wunsch in mir, der niemals wahr werden sollte. Die Bühne blieb mir stets verwehrt. Aber dennoch wollte ich in ihrer Nähe sein. Das Rampenlicht sollte sich in wortwörtlicher Reichweite befinden, wenn alles andere nicht möglich war.

Mit ehrfürchtigem Blick schaute ich auf die Pforten des Theaters, als ich erstmals vor ihnen stand. Mein Herz raste vor Glück. Ich konnte es kaum fassen. Sollte ich endlich glücklich werden?

›Nun beginnt mein Leben‹, dachte ich voller Hoffnung und lächelte breit und genüsslich, als ich die Türen schwungvoll aufdrückte. ›Nun beginnt dein Leben, und lass das alte unheilvolle Leben einfach vor dem Theater zurück.‹

So lautete meine Zielsetzung. Neu beginnen. Alten Ballast abschütteln. Schöne Erfahrungen machen. Mich vielleicht noch einmal verlieben? Wer wusste das schon? Hier sollte ich mein Tagewerk ausüben, endlich ausüben dürfen. Dies konnte, sollte und musste nun mein Glück bedeuten.

›Wenn nicht hier, wo dann?‹, war ich mir sicher, und glaubte fest an meinen Plan.

Mit zaghaften Schritten bestieg ich die Stufen zu dem für mich übermächtigen Gebäude. So zaghaft, als drohten meine ungestümen Füße die ehernen Marmorstufen zu entweihen. Ganz vorsichtig ging ich hinauf. Leise. Unbemerkt. Nirgends konnte es schöner sein als hier. Ich sah mich um in diesem fremden Haus. Verzierungen ragten von den Wänden wie Gemälde alter Meister. Kunstvoll in Szene gesetzt. Die Begeisterung jubilierte in meiner Seele und beglückte mich überschwänglich, als ich den prunkvollen Festsaal erblickte. Was böte mehr an Rang und Überlegenheit als ein Bauwerk mit solch einem fürstlichen Festsaal in seiner Mitte?

»Herzlich willkommen«, waren die ersten Worte meines neuen Chefs Edward Hamilton, dem es offensichtlich schwerfiel, ein Lächeln über seine Lippen zu bekommen. »Herzlich willkommen und nun mal gleich an die Arbeit, gute Frau.« Er machte sich nichts aus großartigen Begrüßungsfloskeln und wirkte eher schroff und abweisend. »Sie sind hier, um zu arbeiten, richtig? Also, tun Sie, wie Ihnen aufgetragen wird. Arbeiten Sie gefälligst!«

Er hatte wenig Freundliches an sich. Nichts von einem guten Kollegen. Etwas tief in mir warnte mich sogar vor ihm, doch ich ließ es nicht zu, dass sich Vorahnung in Gewissheit wandelte. Es durfte einfach nicht sein. Das neue Leben sollte sämtliche Plätze in meinem neuen Festsaal einnehmen. Für das alte Leben sollte der letzte Vorhang gefallen sein. Endgültig. Ich blickte ihn an, wie ich einen verloren geglaubten Vater anblicken würde. Er sollte mich leiten in diesem Haus, mein Mentor sein. Das war in diesem Moment mein größter Wunsch. Ihm mochte ich all mein Vertrauen schenken, sodass alles gut werde. Ich wusste, dass dieser Mann niemals den Platz eines nie existenten Vaters einnehmen konnte und auch nicht wollte, aber in meiner naiven Verzückung stellte ich es mir gerne für einen kurzen Moment vor. Ganz tief in meinem Inneren.

Ich sollte als Kostümbildnerin die Erscheinung der Akteure bestimmen. Meine neuen Kollegen waren überwiegend Schauspieler. Das war so aufregend! Ob Romeo, Othello oder Hamlet – sie alle bekamen von mir ihre Gewandung. Die Arbeit bereitete mir Freude. Sehr große sogar. Und gerne wollte ich ein Teil der Theaterfamilie werden. Auch wenn meine eigentliche Idee, im Theater tätig zu sein, eher auf den Brettern der Bühne angesiedelt war. Ich wollte früher immer spielen. Spielen, wie ein Star. Spielen, um dem

Publikum zu gefallen. Mein Traum war es, im Rampenlicht zu stehen und alle zu begeistern.

»Jacqueline, die Frau der Stunde«, so malte ich es mir stets im Geiste aus – was mir jedoch immer verwehrt geblieben war.

Nach dem Brand im Heim gab man mir die Schuld. Bastian war zu schwach, als dass er hätte schweigen können. Als Anstifterin und Rädelsführerin der schlimmen Tat, bei der unschuldige Kinder ihr Leben lassen mussten, kam ich auf kurzem Wege in eine Anstalt. Aber auch Bastian erhielt seine Strafe, obgleich er lediglich nach meiner Anweisung gehandelt hatte. Darin fand sein Hass gegen mich seinen Anfang, der sich ohne mein weiteres Zutun über die Jahrzehnte in seinem Bewusstsein steigerte. In seiner Vorstellung wurde ich ein Mythos, den er zu vernichten plante.

Unschuldig war keines der Opfer. Nicht, wenn sie sangen: »Feuerbalg! Feuerbalg! Brennen sollst du, Feuerbalg!« - welches Kind sollte dabei seine Unschuld behalten?

Mein Weg führte mich zu ihm – dem Mann meiner Träume. Meiner immerfort währenden nächtlichen Träume. Dem Bärtigen mit seiner Nickelbrille. Aber er ließ mir auch mein Vergnügen. Einige Stunden am Tag durfte ich ausgelassen spielen. Ruby nannte ich meine kleine Puppe, deren rechtes Auge bereits herausgefallen war und deren linkes sich kaum noch geöffnet hielt, außer ich legte ihr den Kopf streng in den Nacken. Die blaue Schleife in ihrem Haar richtete ich stets nach einer Weile, denn dieses Schönheitsmerkmal duldete keinen Makel. Aber *mit* Ruby spielte ich kaum. Ich spielte eher *für* sie, wenn der Bärtige nicht in der Nähe war und ich für kurze Zeit nicht fixiert wurde. Sie war teilweise meine Partnerin, aber meistens mein Publikum. Die kleine dunkelhaarige und zerzauste Puppe sollte wie für mich geschaffen sein. Wir warfen uns die Dialoge zu, die ich mir ausgedacht hatte, und sie lauschte meiner Stimme und meiner Gestik. Ruby konnte perfekt applaudieren und nach Zugaben rufen. Nur beschützen konnte sie mich nicht, wenn ein Pfleger kam und mir die Gurte anlegte … bevor ***er*** kam.

Ich bin mir nicht sicher, ob es an mangelndem Talent oder an mangelndem Glück lag, das mich mein Ziel nicht erreichen ließ. Eine Schauspielschule wollte mich nie aufnehmen. Engagements am Theater bekommt man leider ohne einen Besuch auf einer Schauspielschule nur sehr selten. Selbst mit einem Abschluss an einer solchen Schule des Schauspiels werden Stars nicht wie Phönix aus der Asche geboren. Sie benötigen zwar Begabung und die Ausbildung, aber dennoch muss jemand ihr Potential zunächst erkennen, bevor sie es ausleben können. Werden sie nicht gefördert, so bleiben sie für immer im Verborgenen – oder werden eben nur Kostümbildnerinnen. Kostümbildnerinnen, die von der großen Chance träumen.

Es geschah an einem Premierentag, als ich erfahren sollte, dass ich noch nicht dazu bestimmt war, im Kollegium des Theaters eine erhoffte Stellung einzunehmen, die mit Achtung und Ansehen gewürdigt wurde. Ich hatte mich eingelebt und schob die neuerlichen negativen Einflüsse stets beiseite. Das neue Leben sollte nicht abermals getränkt sein von Zorn und Hass. Gerade erst beschenkte das Publikum das Ensemble mit tosendem Applaus. Die Inszenierung von ›Romeo und Julia‹ in einer modernen Fassung feierte ihren berechtigten Erfolg. Alles lief perfekt. Jeder zeigte sich glücklich. Die Schauspieler, das Bühnenbild, die Beleuchtung und nicht zuletzt die Kostüme verschmolzen in einem harmonischen Zusammenspiel. Die Kritiker überschlugen sich vor Huldigungen. Alle waren wir froh, jenen Erfolg zu haben, den wir uns erhofft hatten. Ich trug freudestrahlend mein Glück zur Schau, wenngleich mir bewusst war, das kleinste Rädchen im Uhrwerk des großen Theaters darzustellen. Ich trug nur eine Winzigkeit bei, aber diese Winzigkeit stellte sich in meinen Augen als ein wichtiger und nicht entbehrlicher Teil der monumentalen Leistung des Ganzen dar.

Sie trafen sich nach der Vorstellung in der großen Garderobe hinter dem Festsaal und feierten. Ich saß mittendrin, lächelte und trank aus meinem Becher. Einem Plastikbecher. Dass ich kein richtiges Glas bekam, um ebenfalls wie alle anderen den teuren Champagner zu kosten, war für mich ohne Belang. Meine bloße Anwesenheit, mein Zutrittsrecht in diese Katakomben, machten mich zu einem besseren Menschen. Besser als ich es je in dieser Anstalt gewesen war.

Er zog jeden Abend die Spritze auf. Vor meinen Augen. Ich wusste, dass ich mich ruhig verhalten sollte. Würde ich aufhören zu zappeln und verzweifelt zu treten und zu schlagen versuchen, er würde den Inhalt der Kanüle nicht in mich hineindrücken müssen. Ich wusste dies und machte dennoch weiter.

Auch in meinen Träumen wusste ich immer, dass ich mich nur zu beruhigen hatte, dann würde alles nicht so wehtun. Aber wie hätte ich meinen Puls nur herunterbringen können, wenn *er* an meinem Bett stand. Ich sah ihn immer. Jede Nacht. Als Kind und später als Frau. Er verrichtete seelenruhig sein Handwerk und legte seine Handfläche auf meinen Unterarm. Nicht fest, nur mit dem nötigen Druck, dass er meine Vene traf. Niemals hatte er sie verfehlt. Ich weiß nicht, ob irgendwann dabei nicht doch einmal ein Lächeln über seine bärtigen Wangen huschte. Aber ich hätte schwören können, ein glückliches Zucken in seinen Augenwinkeln gesehen zu haben.

»Nicht so zappeln«, brummte er wieder. »Du machst es nur noch schlimmer. Zappel doch nicht so! Es ist gleich soweit.«

Ich wusste genau, wozu bald die Zeit gekommen war und strampelte und keifte noch viel stärker als zuvor. Solange ich konnte. Ich bin mir nicht sicher, wie lange ich dies vermochte, aber nach meiner Kindheit, als Frau, ungefesselt und in meinem Albtraum verloren, tat ich es bis zum Morgengrauen.

»Kostüme«, so sagte plötzlich die Hauptdarstellerin in der Stunde des Erfolges, sodass ich es hören musste, »Kostüme kann doch jede Putzfrau schneidern. Das ist keine Kunst.«

Sie wurde nur ›Diva‹ genannt und verhielt sich zu jeder Zeit auch wie eine solche. Voller Hochmut stolzierte sie durch die prächtigen Gänge und verwandelte sich lediglich auf offener Bühne zur liebreizenden Julia oder der geliebten Hermia. Im wirklichen Leben war sie ein wahrliches Biest. Schlecht und niederträchtig zu jedermann. Dies realisierte ich erst spät. Sie war ein Star, besaß sämtliche Allüren eines solchen und wollte zu dem Fußvolke keinen regen Kontakt. Das Publikum war willkommen, solange es für die Eintrittskarten zahlte, auf seinen Plätzen saß, applaudierte und danach wie Vieh aus dem Festsaal geleitet wurde. Autogrammwünsche erfüllte die Diva nur selten und dann mit einer widerwärtigen Lustlosigkeit, die ihresgleichen suchte. Sie war kein Mensch, sie war ihre eigene Marionette. Und als eine solche wollte sie offenkundig behandelt werden.

»Kostüme kann doch jede Putzfrau schneidern«, als sie dies sagte, wurde es still in der großen Garderobe, zu deren Besuch sie sich herabgelassen gelassen hatte, obwohl sie ihre eigenen Räumlichkeiten kaum verließ. Ich grinste noch und sah auf, ohne das Unheil zu erahnen. Ich sah auf und blickte in die vormals noch fröhlichen Augen. Sie waren plötzlich tot. Gefühllos. Zeigten keine Regung. Ich befand mich noch in dem Gefühl des Glücks. Umgeben von Schauspielern. Umgeben von Menschen, die so waren, wie ich sein wollte. Ich wollte dazu gehören, wollte wichtiger Teil ihrer Arbeit sein. In Gedanken war ich es, die gerade noch auf der Bühne stand und mit Romeo einen unheilvollen und doch tröstlich romantischen Tod erlitt. Ich wähnte mich am rechten Ort.

›Was hat sie gesagt?‹ In mir arbeitete es und mein Hochgefühl fiel von mir ab. Ich versuchte, mich an die Bedeutung der Worte zu erinnern, die ich im Gewirr der Gespräche aufgeschnappt hatte. ›Sie hat über meine Arbeit gesprochen.‹

Keiner sagte mehr ein Wort. Einige wandten sich von mir ab, als wäre ich das neu ernannte Feindbild. Ernannt von der Diva höchstpersönlich. Schauspieler, meine Kollegen, sie kehrten mir den Rücken. Mir, der kleinen Kostümbildnerin, die keineswegs eine Schauspielerin war. Sie wandten sich ab und hielten sich schweigend an ihren Gläsern fest. Wenige starrten mich weiterhin an, ohne Unterlass. Ich wusste kaum, wie mir geschah. Meine Mundwinkel zuckten und versuchten, mein Lächeln aufrecht zu erhalten. Sie sollten es nicht lange schaffen, denn die Diva trat näher.

»Ja, kleine Göre, du bist gemeint«, zischte sie mir ins Gesicht und machte sich die Mühe, sich zu mir hinunter zu beugen. »Was denkst du eigentlich, was du hier tust? Willst du feiern? Dann nimm dein Becherchen und geh hinaus zu den anderen Putzfrauen. Ich bin mir sicher, sie sitzen gerade an deiner Nähmaschine und schustern ein noch schöneres Kleid zusammen als dieses hier.«

Die Diva zeigte angewidert auf ihre rechte Schulter. Eine Naht schien aufgegangen zu sein. Der Ärmel hatte sich teilweise wenige Zentimeter gelöst. Ich hatte es während der Vorstellung nicht bemerkt. Niemand hatte es registriert. Niemand. Nur der Beleuchter tat ganze Arbeit und reagierte. Er leuchtete der Diva nach Möglichkeit stets die Seite aus, die für sie perfekt war. Weder im Publikum noch im Ensemble hatte jemand von der kleinen Nachlässigkeit etwas mitbekommen. Einzig der Kollege im Hintergrund an den Scheinwerfern vollzog seine Pflicht.

»Wie lange willst du mit deiner Anwesenheit die zarte Luft in dieser Garderobe noch verpesten,

Göre?«, blaffte die Diva, und niemand wagte es, Einhalt einzufordern.

»Ich … ich …«, ich wusste nicht wie ich reagieren sollte. »I-ich …«, ich atmete schwer, suchte nach einem Gesicht in der Menge das Mitleid mit mir hatte. »Ich …«, jedoch hatte keiner der neuen guten Kollegen etwas für das Opfer der Diva übrig.

Mir blieb nichts übrig, als meinen Becher fallen zu lassen und mich eiligen Schrittes aus dem Raum zu begeben. Ich rannte. Rannte fort. Rannte, so schnell ich konnte. Die Realität suchte mich heim. Ich sah klar vor meinem Auge, dass ich nicht die Schauspielerin aus meinem Geiste war. Eine kleine austauschbare Schneidersfrau, die belanglose Arbeit verrichtete, die wahrscheinlich von jeder talentierten Putzfrau ersetzt werden konnte. Was hat mir nur die Illusion auferlegt, ein geachtetes Mitglied des Kollegiums werden zu können? Wie konnte ich denken, dass ich jemals eine Hauptrolle auf der Bühne einnehmen würde?

Vor dem Theater suchte mich Regen heim, der mich jedoch nicht aufhielt. Mir schossen tausende Gründe durch den Kopf, wie nur all diese Menschen um ein Weiteres hässlich zu mir sein konnten. Was hatte ich getan? In höchster Hast drängte es mich durch die Stadt. Ich fühlte mich gefangen und musste ausbrechen. Gefangen in meinem Wunsch, doch noch eine Schauspielerin werden zu können. Alsbald brannte mir die Lunge, aber ich musste weiter. Schlimme Gedanken schwemmten wieder auf.

»Feuerbalg! Feuerbalg! Brennen sollst du, Feuerbalg!«

Doch wo sollte ich nur hin? Ich hatte keinen Unterschlupf außerhalb des Theaters. Hinter mit hatte ich alle Brücken abgebrochen. Nach Stunden schlurfte ich reumütig zurück. Zurück in das Theatergebäude. Einen solchen Fehler wollte ich nicht mehr begehen. Einer solchen Illusion wollte ich mich nicht mehr hingeben. Geständig wollte ich sein. Aber niemanden fand ich dort vor. Sie waren alle in andere Festsäle entwichen und wollten die Nacht zum Tage machen.

Nur ich war wieder vollkommen allein … allein in dieser Nacht …

Die Othello-Zelle

DAS DRÖHNEN UNTER SEINER Schädeldecke nimmt Jago als Erstes wahr. Hier, wo er sich nun befindet, hat er nichts mehr gemein mit der Person, die er zuvor gewesen ist. Hier ist er Jago. Auch wenn der Mann lange nicht begreifen wird, wie er dazu geworden ist.

Seine Zunge klebt am Gaumen und ein metallischer Geschmack breitet sich aus, als er versucht, sie mit seinem Speichel zu lösen. Das Licht. Das Licht scheint so grell, dass es sich nun durch die Lider rot hindurchpresst. Er kann die Augen kaum offen halten, will sich abwenden, doch sieht er sich fixiert. Große Bewegungen sind ihm nicht möglich.

›Wo bin ich hier?‹ Jago ahnt noch nicht, an welchen Ort sie ihn gebracht haben. ›Sind sie hier? Dieses verdammte Licht, was soll das nur?‹

»H-hallo!«, will er sagen, aber es erklingt nur ein müdes Krächzen. »Ist da … ir-irgendjemand?«

Stille durchströmt den Raum. Totenstille. Nur das leise Summen der Scheinwerfer dringt an seine Ohren. Unhörbar stöhnt Jago. »Hilfe!« Der Mann erkennt selbst, dass er zu schwach ist, um ein deutliches Lebenszeichen nach außen zu tragen. ›Nach außen. Wo ist das überhaupt? Wie weit ist außen?‹

Er versucht, sich zu orientieren. Seine Arme wurden um einen höchst stabilen Holzstuhl nach hinten gelegt, zerren an dicken Seilen, die mehrfach um ihn gelegt wurden. Die Füße stehen vor den Stuhlbeinen und können sich ebenfalls nicht rühren. Er erkennt allmählich, in welch einer Lage er sich befindet und versucht, in Panik zu schwanken, den Stuhl zu kippen. Doch Jago kann es nicht schaffen. Sein Platz wurde mit starken Verschraubungen am Betonboden fixiert. Die Kraft keines Mannes könnte ausreichen, diese Schrauben dem Boden zu entreißen - und Jagos verminderte Fähigkeit, seine Muskeln einzusetzen, erst recht nicht. Er ist gefangen. Auf diesem Stuhl, durch dieses Seil, geblendet von mehreren großen Scheinwerfern, die ihm den Blick auf die Umgebung verwehren.

›Welcher Psychopath tut so etwas? Ist da irgendwas? Warum bin ich hier, verdammt noch mal?‹ Er beginnt zu weinen, rafft sich jedoch schnell wieder auf und belehrt sich selbst. ›Nein, sie sollen nicht sehen, dass ich leide. Sei stark! Gib dich nicht auf! Hörst du?! Sei Stark!‹

Mit breiter Brust richtet er den Oberkörper auf und signalisiert Stolz. Den Stolz, den er am Theater gezeigt hat, wenn er gute Arbeit verrichtete. Mit Würde will er nun der Qual an diesem unheilbringenden Ort begegnen, seinem Feind will er zeigen, dass er kein leichtes Opfer ist. Er schließt seine Augen und versucht, ruhig zu atmen. Jagos Gedanken schweifen ab. Angestrengt begibt er sich im Geiste nach Hause. Er sieht seinen Bruder, seinen Vater. Seine Frau kommt ihm entgegen und möchte ihm einen Kuss ... doch plötzlich erlischt das grelle Licht der Scheinwerfer. Jago reißt die Augen auf, hofft, etwas erkennen zu können. Es dauert lange, bis sich seine Augen an die neue Situation gewöhnen können. Der Schleier lüftet sich mit jeder Sekunde, mit jedem Moment mehr. Seine Umgebung ist so unwirklich, dass es weitere Momente benötigt, bis sein Gehirn verarbeiten kann, was er da sieht. ›Bin ich in einer Zelle? Was ist das für ein Kasten hier?‹

Von allen Seiten ist er umgeben. Aber es ist kein Mauerwerk, das ihn da einschließt. ›Ist das ...? Was ist das? ... Glas? Sind das Glaswände? Welcher kranke Mensch baut Zellen aus Glas? Und wozu? Verflucht, was soll das? Was soll ich hier?‹

In der nächsten Sekunde erkennt er zu seiner Rechten ein Licht. Ein leblos scheinender Körper liegt auf einem Gitterbett. Jago erkennt nicht, ob es eine Frau oder ... doch, es ist eine Frau, jedoch scheint sie schwer mitgenommen. Blut haftet am Bett, an den Glaswänden und an ihrem Körper. Zerrissene Kleidung liegt auf ihrer Haut, die langen Haare sind verklebt, die dünne Matratze stellenweise rot gefärbt, und nur bei genauem Hinsehen erkennt Jago eine leichte Atmung.

›Sie lebt! Die Frau lebt! Aber ... warum fangen sie mehrere Menschen? Was ist das hier für ein Irrenhaus?‹ In seinem Kopf beginnt er, sich Erklärungen zurechtzulegen. ›Ist das ein Versuchslabor? Sind die einfach nur verrückt? Haben sie uns bewusst ausgewählt und verfolgen ein bestimmtes Ziel?‹ Keiner der Gedankengänge klingt für ihn plausibel. Über die brutalsten Szenarien will er gar nicht erst nachdenken. Dann wird ihm klar, wie nahe sich diese Frau doch eigentlich bei ihm befindet. Es sind keine zwei Meter. Würden sie beide die Arme strecken können, die Fingerspitzen würden sich berühren – wenn nur die Fesseln und das Glas nicht wären. Das Glas der Zelle trennt diese beiden Menschen.

»Hallo!«, ruft Jago, so laut es ihm möglich ist. Sein kraftloses Krächzen baut sich zu einem leisen Brüllen auf. »H-haaallooo! Ich bin … hier!« Aber der Schall wird vom Glas gedämmt und zu Jago zurück in seinen Hals geschleudert. Nichts dringt hier nach außen. Kein Ton.

Da blickt er in der Glaszelle der Frau ohne Vorwarnung in ein wütendes, dunkles Augenpaar. Jago erschrickt und wäre ohne seine Fesseln und den stabilen Stuhl nach hinten gestürzt. Der Puppenbauer blickt ihn an. Er lächelt. Oder muss er lächeln? Doch der Puppenbauer ist trotz seines Gesichtsausdruckes ernst. Jago kennt diese Gestalt mit der makaberen Maskerade aus dem Wald. Er konnte sie im Nebel bereits ausmachen. Angst steigt in Jago auf. Er ahnt, dass der Puppenbauer zu der Frau auf dem Gitterbett nicht höflich sein wird.

›Was ist das? Ein ... oh, nein, was geht da vor? Das ist doch ein … ein Hammer! Was wird hier gespielt? Sind die alle wahnsinnig? Weshalb stoppt diesen Verrückten niemand?‹

Der Puppenbauer legt den Kopf leicht schräg, betrachtet Jago. Betrachtet ihn wie ein Tier im Zoo. Dann wendet sich die bleiche Figur von ihm ab und ist sich sicher, dass Jagos Blicke bei ihm sind. Der Puppenbauer schreitet an das Bett, tritt wuchtig gegen das Gestell. Mehrmals. Immer wieder. Er tritt ohne Unterlass.

›Was soll das nur, verdammt? Können die denn nicht aufhören?‹, denkt Jago nervös, während er seine Tränen unterdrückt. ›Will er ihr wehtun oder sie zur Besinnung bringen? Ich will hier raus. Warum hilft uns denn niemand?‹

Einen letzten Tritt gibt der Puppenbauer an das Metall des Bettes ab, dann hat er es geschafft: Die

Frau regt sich. Zaghaft. Sofort stürzt sich der gewaltbereite Mann jedoch auf sie, packt ihren Hals und schieb ein Stück Metall auf ihre Zunge.

›Was ist das? Wieso muss sie da draufbeißen?‹, überlegt Jago und kann sich vor Spannung kaum rühren. Glaubt nicht, was er da zu sehen bekommt. Da wird ihm bewusst: ›Ich kenne doch diese Frau. Wer ist das? Ich kenne sie. Verdammt noch mal, wer ist das nur?‹

Der Puppenbauer schnürt ihr mit festem Griff den Hals zu. Die Frau röchelt, hat kaum Kraft, sich zu winden. Dann werden ihr die langen Haare aus dem Gesicht gestrichen. Mit dem Stiel des Hammers in der Hand, wischt der bleiche Mann eine Strähne nach der anderen zur Seite, während er den Hals noch immer fest in seinem Besitz hat. Das Antlitz der Frau wird mehr und mehr erkennbar.

Jago rinnen nun doch Tränen herab. Er erkennt diese Frau. Er weiß genau, wer sie ist. Hunderte Mal hat er sie schon gesehen. ›Was zum Teufel wollen sie nur von uns? Warum ich? Warum die Diva? Wer ist noch alles hier?‹

Für einen kurzen Moment der Bewunderung betrachtet der Puppenbauer das ehemals so schöne Gesicht der Schauspielerin. Er blickt genau auf ihren Mund. Die Lippen sind bis zum Zerreißen gespannt, das Metallstück spreizt die Kiefer, lässt die Zähne genau erkennen. Da holt der Puppenbauer kraftvoll mit dem Hammer aus.

»Neeeeeinn!!!«, brüllt Jago mit all der Kraft, die er noch hat, aber im selben Moment erhellen sich die Scheinwerfer in seiner eigenen Zelle, und er ist von jeglichen äußeren Einflüssen augenblicklich abgeschnitten.

Er sieht nichts mehr von der Diva. Nicht, was der Unmensch auf der anderen Seite des Glases noch mit ihr tut. Nicht, ob er von der Frau abgelassen hat. Jago schreit. Er schreit, so laut er kann. »Ihr verdammten Schweine!« Aber mehr als ein Keuchen und Japsen verlässt nicht seinen Mund.

Es dauert fast zwei Stunden, bis er sich beruhigen kann. Ohne Unterlass hat er sich gewunden und sich die Haut an seinen Fesseln wund gerieben. Er sollte nicht viel länger alleine in seiner Zelle bleiben. Der Besuch hatte sich bereits vorbereitet und mit der Behandlung der Diva angekündigt.

Als Jackie die Glastür hinter sich schließt, bemerkt Jago es zunächst nicht einmal. Er ist viel zu schwach, kämpft damit, bei Bewusstsein zu bleiben, das er immer wieder kurzzeitig verliert. Ein Dämmerzustand übermannt ihn vorübergehend.

»Ich bin unterwegs zu dir, Jago«, raunt sie in einer eigenartig heiteren Stimmung. Sie scheint kindlichen Spaß zu verspüren. Lacht dabei.

Erst jetzt realisiert er, dass er nicht alleine ist. Sein Atem wird schneller. Er versucht, hinter den blendenden Scheinwerfern etwas zu erkennen. Ein weiterer Schwächeanfall soll ihn nicht erneut überkommen. Die Wunden unter den Fesseln nimmt er nicht wahr. Adrenalin schießt durch sein Gehirn. Er versucht, sich auf seinen Gegner einzustellen, wo auch immer er sein mag.

»Deine Herrin ist wütend, Jago.« Jackie spricht in einem merkwürdig ungleichmäßigen Singsang. Sie erhöht die Stimme an ungewöhnlicher Stelle und senkt sie ebenso merkwürdig. Theatralisch betont sie die

Vokale und zieht sie in die Länge. Einen Funken des Wahnsinns meint Jago darin zu erkennen.

»Wer …«, er versucht, ein Gespräch zu beginnen, aber seine Kräfte schwinden zunehmend. »… wer bist … du?«

»Was regst du dich so auf und sprichst so wild? Jago, … ich bin deine Herrin!«

Im nächsten Moment zischt ein Peitschenschlag zwischen den grellen Scheinwerfern hervor und reißt eine klaffende Wunde an Jagos Oberarm. Der Schrei des Mannes verlässt die Zelle nicht. Er ist der Missgunst seiner Feinde ausgesetzt. Acht weitere Hiebe mit der Peitsche erreichen Jago, ohne dass er nur ahnt, woher sie kommen. ›Ist sie es, die mich quält?‹

»Kann ich dein Licht leicht neu entzünden?« Was Jackie damit sagen will, kann Jago bislang nicht deuten. »Aber nein, ich lass dies sein Werk sein. Der Puppenbauer ist's der dem Licht sich zuneigt.«

Für eine Sekunde reißt Jago seine Augen auf. ›Der Puppenbauer? Ist er nun hier? Sie ist nicht allein. Schlägt er mich? Will er mich nun foltern?‹ Sofort wendet sich Jago von den Leuchten ab und erfährt einen weiteren Hieb mit dem Ende der Peitschenschnur.

Jago jammert, fleht. »Hört auf, … lasst mich! Lasst mich doch g-gehen! Was hab ich euch getan, dass ich dies … verdient habe?«

»Würd ich's wohl, doch will ***er*** dies nicht. Beruhige dich, Jago. S'ist bei ihm nur Laune. Die Geschäfte machen ihm viel Ärger, und er lässt's aus an dir. Ich bin nicht sehr begeistert über die Tat, doch seine Gründe waren überzeugend«

»Jago!«, brüllt der gefesselte Mann aus Leibeskräften. »Was soll das bedeuten? Ich bin nicht … Jago. Warum nennt ihr mich bloß so? Lasst mich doch gehen. Bitte, lasst mich doch gehen!«

»Weißt du denn nicht, wo du bist, Jago? Die Othello-Zelle ist dein neues Heim.« Der Puppenbauer spricht erstmals zu seinem Opfer. »Und du sollst Jago sein. Jago, der Rache erfahren muss.«

»Aber ich bin doch nicht …«, da zischt erneut die Peitsche hervor und streift den Mann am Hals. Er wagt es nicht mehr, ein Wort von sich zu geben. Erst als er eine Klinge hört, die aus einer metallischen Scheide gezogen wird, beginnt er, sich wieder auf seinem Stuhl zu winden.

Die harte Hand des Puppenbauers packt im Nacken nach dem Schopfe Jagos und zieht mit aller Kraft, bis der Kopf sich vollends nach hinten beugt. Der Kehlkopf steht hervor, der Mund öffnet sich reflexartig. Jackie tritt ins Licht. Ihr weißes Antlitz ist nur gestört von einer Wange, die schwarze Flammen zeigt. Es scheint, als würden dunkle Flammen unter ihrem Auge lodern. Behutsam hebt sie die Hand, streicht ihrem Opfer über die Stirn, der durch verkniffene Lider versucht wahrzunehmen, was mit ihm geschieht.

»Denk nur an deine Sünden, Jago.« Die Stimme Jackies ziert sich mit Sanftmut und Empathie. Sie spielt ihrem Jago ein Stück, das er noch nicht begreift und schüttet Salz in seinen Mund. Pures Salz. Er schmeckt es erst spät. Seine Sinne hat Jago nicht mehr unter Kontrolle. Er hustet, will sich übergeben, doch Jackie schließt mit zartem und gleichsam bestimmtem Griff seinen Mund und drückt den Unterkiefer in die Höhe. Der Puppenbauer erhöht den Zug im Nacken. Jago muss das Salz in seinen Körper aufnehmen – viel zu viel. Er versucht, es auszuspeien.

»Versuch es nicht, du wirst es teuer büßen.«

Jago glaubt dies seiner Herrin und schluckt. Er hat Mühe damit, aber er tut es. Auch wenn er sich auf seinem Platz windet und wehrt, auch wenn er versucht, der Pein standzuhalten, wie lange wird er dies durchhalten können?

Wird es vergebens sein …?

Dieser Blick

AM NÄCHSTEN MORGEN erwachte ich und lag ein weiteres Mal schweißgebadet auf meinem Bett - alle Viere von mir gestreckt. Mein Traum ließ mich nicht allein. Die Erniedrigungen der Diva vom Vortag musste ich schlucken und bewältigen. Eine andere Wahl hatte ich nicht.

Es klopfte an der Türe meiner kleinen Unterkunft, die ich vom Theater gestellt bekam. Es war nichts Besonderes, und eigentlich überwog die Unordnung auf den wenigen Quadratmetern, die ich zur Verfügung hatte, aber es war mein neues kleines Reich.

»Jacqueline? Sind Sie da?« Ich erkannte sofort, wer dort vor meiner Tür wartete. Er nannte mich von Anfang an bei meinem Vornamen, siezte mich allerdings stetig. Die Eigenart des Theaterchefs gab mir nicht zu denken. Als Leiter des Hauses konnte er ohnehin machen, was er wollte. Wer sollte ihm bei seinen Umgangsformen schon hineinreden wollen? Ich, als unbedeutende Kostümbildnerin? Bestimmt nicht. Vielmehr wollte ich ihm folgen. Er sollte mich geleiten, war meine kleine Chance, doch einen Weg zur Bühne zu finden. Würde er mich fördern, so könnten sich wenigstens kleine Wünsche erfüllen.

»Ich komme!« Hastig sprang ich aus meinen Laken und ins Badezimmer. Er pochte ungeduldig und drückte die Klinke ungewöhnlich oft hinunter, obgleich er genau wusste, dass abgesperrt war. Nur das Nötigste verrichtete ich vor dem Spiegel.

»Machen Sie auf, Jacqueline. Es ist wichtig!«, rief er, und ich hatte Mühe, mir etwas überzustreifen, um nicht nahezu unbekleidet vor meinem Boss stehen zu müssen.

Ich atmete tief durch und öffnete schließlich die Tür. Lächelnd. Ich wollte mich gut mit meinem Mentor stellen. Hatte nichts weiter am Leib, als eine kurze, sportliche Hose und einen weiten Pullover. Ich spürte, dass mir die Haare noch zu Berge standen, fühlte mich unwohl, mich meinem Chef so zu präsentieren – aber er hatte es ja so gewollt. Ich sollte schleunigst öffnen. Nun musste er mit meinem Erscheinungsbild zurechtkommen.

Als ich jedoch diesen Blick in seinem Gesicht sah, schmetterte es mich schier nieder. Ich ahnte, wusste, was er dachte. Diesen Blick hatte ich schon mehrfach, hunderte Male über mich ergehen lassen müssen. Diese Augen lagen in einer Schale voller Glut. Ich wusste, dass es keine wilde Wut war, die sie ausstrahlten. Wut war temporär, verging. Diese Glut ergoss sich wie stete Lava aus seinem Inneren. Was da aus Edward Hamilton hervorquoll, hatte nichts mit rationalem Denken zu tun. Instinktiv schritt er mir entgegen und verriegelte hinter sich die Pforte, die mein Ausweg aus dieser Lage hätte sein können.

›Was soll ich tun?‹, dachte ich. ›Hoffentlich irre ich mich.‹

Ich war vollkommen erstarrt und schritt rückwärts in den Raum.

Erstmals machte ich diesen Blick bei dem Bärtigen vor Jahrzehnten aus. Ich blickte ihn an und schien mich mit meiner Lage, mit meinem Fesseln an meinem Gitterbett, abgefunden zu haben. Jedenfalls musste er dies glauben. Der Mann in dem weißen

Kittel sprach nicht an diesem Tag. Er hatte etwas vor, das sah ich deutlich. Etwas war anders – extremer. Mein Instinkt sagte mir, dass ihm etwas im Kopf vorging. Die Situation hatte sich zugespitzt, ohne dass ich wusste, weshalb der Bärtige so sonderbar aus seinen Augen stierte. Etwas absonderlich Feuriges hatte sich in seine Pupillen gelegt und schien gleichsam die Flamme des Hasses in mir zu entzünden. Hass auf dieses Geschöpf - dieses Geschöpf Gottes? Erschafft Gott solch grausame Menschen? Wenn er es tut, dann hat er eine abartige Freude daran, andere leiden zu sehen. Warum weckte Gott in mir nur solche Gedanken? Ich mochte nicht sehen, was mir geschehen sollte.

Trotz der bedrohlichen Situation versuchte ich, mich zu besinnen, und obschon man es mir aufgrund meines jungen Alters noch nicht zutraute: Ich hatte einen Plan. Einen Plan, der mein Entrinnen vor diesem Mann sichern sollte. Dazu hatte ich jedoch sein Vertrauen nötig.

Die Spritze, die er wie gewohnt aufzog, legte er auf meinen Nachttisch. 15 Milligramm Diazepam sollten mein Temperament und meine immer wieder aufschäumende Wut zähmen. Die Dosis reichte gewöhnlich für den Zorn eines erwachsenen Mannes. Für mich gerade genug.

Die Spritze lag für mich bereit und sollte wieder in meinen Körper eindringen. Immer wenn dies geschah, verlor ich meine Wahrnehmung und wusste auch nicht, was sich danach zutrug. Ich wusste, solange ich bei Bewusstsein auf dem Gitterbett lag, nur, dass ich den Fesseln entkommen musste, bevor die Kanüle meine Vene erreichte. Wie der Bärtige nach dem Verlust meines Bewusstsein handelte, erschloss sich mir niemals. Vielleicht war dies die zarte Hand Gottes, die wohlwollend auf mir lag. Vielleicht war es aber auch die Faust des Herrgotts, der mich die schrecklichsten Szenarien durchleben ließ.

Ich wehrte mich an diesem Tag nicht. Dass ich ohnehin keine Chance hatte, die Gurte mit meiner Kraft zu lösen, war für mich sonst ohne Belang. Nur sollte heute meine Methode eine andere sein. Ruhig blickte ich in den kargen Raum. Ein leichtes Lächeln huschte über meine Lippen. So tat ich es schon seit einiger Zeit und merkte, wie er sich mir mental näherte. Anscheinend fand er Gefallen an meiner Zähmung, Lippen blitzten erstmals unter seinem Bart hervor. Das kleine Mädchen, das ich war, hatte keine Chance, ihm zu entkommen. Erst recht nicht, wenn ich so gemäßigt dalag. Ich fügte mich meinem Schicksal. Er sollte mein Herr sein. So machte ich ihn glauben.

Und an diesem Tag geschah das endlich Neuartige. Meine Freude darüber musste ich unterdrücken, bloß nicht preisgeben. Er löste einen Gurt. Mein rechter Fuß lag frei. Welch ein Gefühl nach Stunden. Es strömte wieder ohne einen Druck auf die Gelenke Blut in meine Zehen. Wie wunderschön diese Empfindung sein kann, den Knöchel und die Zehen frei bewegen zu können, weiß nur ein Mensch, den man so lange gefesselt und ohne Regung fixiert hat. Ich rührte mein Bein allerdings kaum. Streckte es nur leicht, wie eine schnurrende Katze mit einem Hochgefühl. Ein kleinster Anflug des Genusses machte sich auf meinem ausgezehrten Gesicht breit, und auch er triumphierte beim Anblick meines Behagens.

Nicht dass er mir meinen Zustand gönnte. Er schlemmte lediglich an dem reich gedeckten Büffet der Macht, mir dieses Glück jederzeit wieder nehmen zu können. Dessen war ich mir sicher.

Erst nach weiteren Minuten, vielleicht wartete ich aber auch eine Stunde, löste er auch die zweite Fußfessel und den Gurt um meinen Rumpf. Leben floss in meinen Körper zurück. Wie schön kann Bewegungsfreiheit sein. Ich bewegte meinen kleinen Körper sanft und weckte sichtbare Begeisterung im Gesicht des Bärtigen. Immer größeres Gefallen fand er an meiner Freude, die er alsbald wieder zerstören konnte. Meinen Blick richtete ich dennoch leer in den Raum, an die Decke. Eine geringe Geste des Dankes für die neue angenehmere Situation. Er sollte mich nicht gänzlich beherrschen.

Das kleine Mädchen sollte nun kaum noch eine Gefahr darstellen, und so befreite er, nachdem er mich lange betrachtet hatte, auch meinen linken Arm, der, von Hämatomen und Striemen übersät, endlich auch in meinem Ellenbogen bewegt werden konnte. Ganz langsam, sehr sachte. Ich murrte nicht, legte mich bedächtig auf die Seite auf das Gelenk meiner rechten Hand und liebte es, nach so langer Zeit wieder in die Seitenlage zu gelangen. Man hätte meinen können, dass ich in dieser Position gemütlich hätte einschlafen wollen – doch mein Plan war ein gänzlich anderer.

Der Bärtige strich mir mit seinen feinen, knochigen Fingern über das Haar. Wie lange, kann ich nicht sagen, denn ich wartete auf meinen Moment und biss meine Zähne feste zusammen. Ich musste ausharren - es aushalten, so widerwärtig sich sein Körperkontakt auch anfühlte. Seine gliedrigen Pranken berührten mich, grimmiger Ekel stieg in mir auf.

Meine Taktik musste aber aufgehen. Wahrscheinlich hatte ich nur eine einzige Chance. Niemals wieder würde er mir dieses Vertrauen schenken. Dann geschah es: Er öffnete meinen letzten Gurt und legte mir damit auch den rechten Arm frei. Ich hätte mich sogleich frei bewegen können. Der Mann im Kittel fühlte sich angesichts meines zarten Alters sicher. Was kann ein Kind schon gegen einen ausgewachsenen Mann ausrichten? Was sollte ich ihm schon antun können? Wie hätte ich jemals einfach aus diesem Raum flüchten können?

Ich zögerte den überraschenden Moment so lange heraus, wie es mir nur möglich war. Obwohl ich innerlich bebte und mich nach der Aktion sehnte, strahlte ich völlige Ruhe aus. Absolute Ruhe. Im Raum war es still. Ich hörte nur sein Atmen. Als ich meinen inneren Zorn, meine aufgestaute Wut und all meinen Hass selbst nicht mehr ertragen konnte, musste ich es tun. Ich sprang mit der selbst für mich verblüffenden Dynamik eines Athleten auf. Ich hätte ihm die Augen auskratzen können. Ihn beißen. Treten. Überall hin. Meine Abneigung, mein Groll, meine tiefste Abscheu gegen diesen Mann, gegen diesen Blick, den er mir entgegenzuwerfen pflegte, hätte ausgereicht, weit mehr als die Kraft einer Sechsjährigen zu mobilisieren. Aber mein Plan war es nicht, ihm mit meiner impulsiven Kraft und der brodelnden, nach Vergeltung dürstenden Bosheit, die ich in mir trug, zu schaden. Meine Rache sollte effektiver sein. Endgültiger.

Ich griff beherzt nach der Spritze und rammte sie ihm mit einem gezielten Hieb in den Hals. Der Mann sah sich so sehr überrascht, dass er nicht reagieren konnte. Er riss die Augen auf und konnte meinen kleinen Körper kaum bändigen. Sein Blick wandelte sich, während ich erneut zustieß, auch als der Bärtige bereits am Boden lag. Ehe die Kanüle in seinem Rachen abbrach, röchelte er nach Luft, die er nicht mehr bekommen sollte.

Ich hatte ihn besiegt. Endgültig. Natürlich würde ich nicht aus dieser Anstalt entkommen können, nicht einmal aus diesem Raum. Dies war mir bewusst. Aber ich hatte meinen Feind bezwungen, obwohl dieser um ein Vielfaches stärker war. Ich wusste nie, was er mit mir tat, wenn er mir die Drogen injiziert hatte, und ich ahnte nur, was er noch weiter mit mir vorhatte. Aber eins vermochte ich, immer zu ahnen: Es würde wehtun. Dem war ich nun entgangen.

Zufrieden legte ich mich auf die harte Matratze des Bettes. Es war vollbracht. Ich genoss nun meine vollkommene Entfaltungsmöglichkeit auf diesem Schlafplatz und rastete für einige viel zu wenige Minuten in bequemer Seitenlage, … ehe die anderen kamen.

»Das war ganz und gar nicht in Ordnung«, sagte Edward Hamilton zu mir und ging auf mich zu, als wolle er ein scheues Reh einfangen. Er richtete die Handflächen nach vorne, als hätte er den Plan, das ängstliche Wild in die Enge zu treiben. »Ganz und gar nicht, Jacqueline.«

»Was soll nicht in Ordnung gewesen sein?«, wollte ich wissen, wich nach hinten aus und ahnte bereits, dass es nur mit der Diva und unserem Zwiegespräch zu tun haben konnte. Er grinste fast schon gutmütig und hatte zugleich etwas Überlegenes an sich. Mit der Haltung eines hungrigen Panthers kurz vor dem Sprung richtete er sich auf und wurde unerwartet gelassener.

Sich seiner Sache offenbar sicher, sagte er: »Hase, Sie wissen genau, wovon ich rede. Stellen Sie sich nicht dümmer, als Sie sind! Das steht Ihnen nicht.«

»Ich bin nicht dumm. Meinen Fehler mit dem Saum werde ich wieder gutmachen. Trotzdem muss meine Arbeit nicht mit der einer Putzfrau verglichen werden. Ich bin Kostümbildnerin, ein Teil des Kollegiums.« Meine Stimme versuchte, meine hervortretende Angst zu übertünchen. Es mochte mir kaum gelingen, denn Edwards Körperbau hatte etwas Mächtiges und Erhabenes. Er hätte mich schnell in seine Gewalt bringen können. Mit Leichtigkeit könnte er seine Kraft gezielt einsetzen und alles Erdenkliche mit mir anstellen, hier in diesem Zimmer, weitab von sämtlichen Kollegen.

»Aber natürlich sind Sie das. Sie sind die Kostümfrau«, und er sagte das Wort »Kostümfrau« mit derselben abwertenden Stimmlage, wie er »Putzfrau« gesagt hätte.

Er richtete sich den Scheitel seines schwarz glänzenden Haares und ging im Raum auf und ab. Er sah sich um. Als wäre er teilnahmslos, was meine Abwehrhaltung anbelangte. Edward blickte kaum zu mir herüber, nahm einige meiner Gebrauchsgegenstände in die Hand und legte sie wieder beiseite. Für mich war klar: An jedem dieser Dinge klebte von nun an und für alle Zeiten der üble Geruch eines Mannes, der von Grund auf ein schlechter Mensch war. Ich wollte meine Bürste, meinen Trinkbecher, meinen Kerzenständer und die Perlenkette, die er durch seine Finger hatte gleiten lassen, ohne Umwege entsorgen, nachdem ich diese Situation mit ihm gemeistert hatte. Edward Hamilton hatte eine Seuche an seinem Körper, die er schamlos verteilte wie eine Duftmarke. Ich spürte dies überdeutlich.

»Was denken Sie denn, Jacqueline, wie Sie Ihren schlimmen Fauxpas wieder gutmachen können?«

Ich kniff die Augen zusammen, denn ich wusste präzise, worauf mein Chef abzielte. »Mit guter Arbeit natürlich.«

Sein Lachen durchflutete den Raum. Er konnte sich kaum zügeln. »Gute Arbeit, ja?« Nur allmählich legte sich sein Frohsinn, und er setzte wieder diesen Blick auf. »Die werden Sie wohl verrichten, Jacqueline.«

Die Jahre, nachdem ich meinen ersten Feind beseitigt hatte, nahm ich in einem Zustand der Trance wahr. Nie war mein Körper rein. Immer schwammen Substanzen in meinen Adern, die mich innerlich erkalten ließen. Ich lernte in einer Art Klassenraum Grundzüge der allgemeinen Bildung. Alles, was das Kind wissen muss. Nicht mehr. Nur so viel, wie nötig war. Meine Lehrer habe ich in vernebelter, aber in keiner negativen Erinnerung. Niemand von ihnen erwähnte je mein Feuermal, sodass ich dies sogar für eine Weile verdrängen konnte. Es existierte für ein paar Jahre in meiner Wahrnehmung gar nicht. Es war wie ein Hut, den man lange auf dem Kopf trägt, irgendwann denkt man nicht mehr darüber nach, dass da etwas Fremdes sein könnte. Man wird eins.

Erst mit zwölf Jahren lichtete sich der Schleier in meinem Geiste. Die Cocktails, die mir verabreicht wurden, wiesen geringere Dosen auf. Man verringerte deutlich die Konzentrationen meiner Schlummerspritzen, und ich wurde mehr und mehr wieder ich selbst. Mit der Zeit wurde ich sogar so etwas wie eine herausragende Schülerin in meiner Klasse. Mit hervorragenden Leistungen überflügelte ich meine Kameraden und konnte darüber hinaus eine kleine soziale Affinität entwickeln: Ich half anderen bei ihren Aufgaben.

Ein Junge, etwa in meinem Alter, hatte es mir dabei besonders angetan. Moritz kam aus einem äußerst schlechten Elternhaus und stotterte leicht. Er war klein, unsportlich und nicht gerade das intelligenteste Kind. Dennoch schaffte er es, seine vormalige Pflegemutter mit einem gezielten Stoß im Treppenhaus so zu verletzten, dass sie für immer mit einer Querschnittslähmung leben musste. Dieser Junge litt zwar unter seiner körperlichen Unterlegenheit und hatte im ersten Augenblick das Mitleid aller auf seiner Seite, aber mit dem letzten Funken Klarheit, den er besaß, lebte er alles Böse aus, das ein Mensch nur aufbringen konnte. Auch ich glaubte zunächst an das Gute in Moritz. Half ihm, wo ich nur konnte. Lachte mit ihm, wenn er ein angestrengtes Lächeln auf seine Lippen zwang, denn fröhlich zeigte er sich fast nie. Über einige Monate hinweg hatte er meine uneingeschränkte Gunst gewonnen. Die Nähe aller anderen Kinder war mir nicht wichtig. Moritz hatte etwas, was mich direkt ansprach. Er brauchte meine Hilfe und zeigte sich durch kleine Gesten dankbar.

Was ich jedoch nicht ahnte, traf mich umso härter, als ich es realisierte. Der kleine Junge, der seine scheinbare Unterlegenheit nutzte, um in mir eine Art infantiler Muttergefühle auszulösen, hasste mich, wie man einen Menschen nur hassen konnte. Er konsumierte meine Fürsorge, wie einen Gebrauchsgegenstand und lachte über mich, wenn ich mich abwandte. Er konnte lachen, nur nicht, wenn ich zugegen war. Die anderen Kinder waren eingeweiht und nach seinen Möglichkeiten für die makabere Situation angestachelt. Jeder wusste, dass, wenn ich ihm bei seinen Aufgaben half, er sich mit Absicht dümmer stellte. Moritz ließ sich in meiner Gegenwart gehen. Er simulierte Schmerzen, krümmte sich und tat all dies nur, weil er wusste, ich würde mich umgehend darum kümmern. Alles nur, weil ich ihn mochte. Natürlich war eigentlich das Personal der Anstalt für derartige Situationen zuständig. Aber warum sollte ich tatenlos zusehen, wenn ein Mensch offenkundig meine Hilfe benötigte? Jeder wusste es. Moritz weihte sie alle ein. Er demütigte mich öffentlich, ohne etwas zu mir sagen zu müssen. Ich erniedrigte mich selbst, obwohl ich in gutem Glauben handelte, etwas Nützliches für einen Menschen zu tun. Über Monate habe ich nichts davon bemerkt.

Ich malte mir bereits aus, was passieren würde, wenn ich mich gegen Edward Hamilton erfolgreich gewehrt hatte. Nachdem ich ihm eine Vase oder einen Glasflasche über den Schädel geschlagen hatte. Ich wusste, nach dieser Tat würde ich rennen müssen. Weg von hier. Dies wäre dann kein Platz mehr für mich. Alles würde wieder von vorne beginnen. Mein altes Leben wäre wieder gegenwärtig. Würde mich mit großen Schritten einholen. Nichts bliebe mehr von meinem Traum im Theater.

»Jacqueline, es ist doch ganz einfach, gute Arbeit zu verrichten. Sie müssen nur auf mich hören.« Der Klang seiner Stimme verriet, dass er es ernst meinte. Er meinte es ernst, sprach aber gleichzeitig mit gespaltener Zunge. Ich sollte auf ihn hören. Tun, was er sagte. Tun, was er wollte. »Können Sie das, Jacqueline?«

»Ich werde mir Mühe geben«, sagte ich und biss mir dabei auf die Lippen, um nicht in Raserei zu verfallen.

Ich wollte meinen Traum an diesem Theater weiterleben. Musste hier bleiben können. Auch wenn mir Edward sehr nahe kam. »Lassen Sie in Zukunft die Diva in Ruhe. In Ordnung? Und wir beide werden uns auch so gut verstehen.«

»Auch so?«

»Auch so, Jacqueline.«

Er nahm meine Hand. Edward führte sie. Ich ließ ihn mit innerlichem Widerwillen gewähren. Ich wusste, dass er nicht meine Zuneigung verlangte. Keine körperliche Nähe. Ich erkannte an seinem Blick, dass sein Ziel ein anderes war. Er wollte mich beherrschen.

»Chef! Sind Sie da drin?« Der erlösende Ruf kam plötzlich, aber zur rechten Zeit. Ein Kollege setzte der Anspannung ein erlösendes Ende.

Edward ließ von mir ab und schnellte herum. »Ja, bin hier!« Und er ließ ein leises »Verdammt!« folgen. »Was willst du denn?«

Edward Hamilton duzte jeden an diesem Theater. Nur mich nicht. Weswegen er mich dazu auserkoren hatte, mich einer Sonderbehandlung zu unterziehen, wenn auch keiner angenehmen, war mir immer ein Rätsel geblieben. Vielleicht hatte ich einfach etwas an mir, dass diese Zwangslagen magisch anzog.

»Dein Typ wird verlangt!«

»Verflucht, ja, ich komme«, rief Edward durch die Tür, nahm die Klinke in die Hand und drehte sich abschließend noch einmal zu mir. »Das unterbrochene Gespräch führen wir noch zu Ende.«

Ich wusste genau, was er meinte. Ich nickte kaum erkennbar und begann, mich innerlich auf das Bevorstehende vorzubereiten – so hart es mich auch treffen würde.

Der kleine Moritz musste natürlich für seine Untaten büßen. Auch wenn ich ein Mädchen war, das mit seinen Mitmenschen gütig und zuvorkommend umgehen konnte, trug ich ebenfalls den starken Hang zur Rache in mir. Rache hatte etwas wohlig Süßes, das ich gerne auskostete, wenn es nötig erschien.

»Wenn du hier wieder herauskommen solltest«, sagte ich zu ihm, nachdem ich ihn in einem der Rollstühle der anderen Kinder mit einem reißfesten Klebeband eingewickelt hatte, »dann wirst du ein anderer Mensch sein, denke ich. Nein, ich verspreche es dir!«

Seinen Mund klebte ich ebenfalls mehrmals ab, sodass er Luft nur durch die Nase bekam. Die Hände fixierte ich an den Lehnen des Rollstuhls. Den Rest der Klebebänder rollte ich um die Waden. Moritz konnte nun sein von Grund auf schlechtes Wesen überdenken. Ich rollte ihn in den Keller. Ein abgelegener Versorgungsraum mit einigen eingestaubten Sicherungskästen und genügend Luft zum Atmen

sollte sein neues Zuhause sein, bis sie ihn finden würden.

»Moritz, … er ist verschwunden«, sagte ein Pfleger atemlos, als er in unsere Klasse stolperte. Meine Lehrerin hatte uns gerade neue Aufgabenblätter verteilt, und ich hob nicht einmal den Kopf.

»Ist er geflüchtet? Wo soll er denn bloß hin sein?«

»Keine Ahnung, die Tür seines Zimmers stand auf, und anscheinend hatte er irgendwoher einen Schlüssel. Frank vermisst seinen … leider.«

Den Schlüsselbund von Pfleger Frank hatte ich zielgerecht an mich genommen, hatte ein paar Türen aufgesperrt und einen möglichen Fluchtweg des kleinen Moritz vorgetäuscht. Keiner kam auf die Idee, ihn im Haus zu suchen. Er war offiziell geflohen. Weiter als in den hell erleuchteten Versorgungsraum im Keller jedoch kam er nicht. Niemand hat ihn gehört, niemand hätte ihn entdeckt.

Ich besuchte ihn jeden zweiten Tag. Naja, fast jeden zweiten Tag. Manchmal ergaben sich Probleme, sodass ich nicht bis zu dem Versorgungraum vordringen konnte. Die Sicherheitsvorkehrungen im Haus waren doch enorm.

»Das hier kann ich jederzeit wieder mit dir machen, Moritz«, sagte ich ihm immer wieder, wenn ich ihm etwas Wasser und ein belegtes Marmeladenbrot gab, das ich durch einen kleinen Schlitz im Klebeband hindurchschob.

Man glaubt gar nicht, wie übel ein Mensch riecht, wenn er sich nicht von der Stelle rühren kann. Nach neun Tagen machte mir die Sache keinen Spaß mehr. Ich legte eine kleine Spur, und Pfleger Frank wurde zum Helden der Anstalt. Er löste den Fall auf und fand Moritz in einem wahrlich schlimmen Zustand. Lange haben sie versucht, aus dem Jungen herauszubekommen, wer ihn in diese Lage gebracht hatte.

Verraten hat mich Moritz jedoch nie ...

Medizin

DAS GLAS, DAS SICH um ihn herum befindet, beginnt er, mit jedem Tag mehr zu hassen. Das Licht, das auf ihn herniedergeht, bringt ihm ungeahnte Ruhe. Nicht mehr wahrnehmen zu können, was um ihn herum geschieht, zügelt ihn, auch wenn es zusätzlichen Stress auslöst. Unwissenheit kann ein Segen sein.

Die Wunde in seinem Mundwinkel schmerzt, reglos setzt sich seine Mimik fort. Er versucht, durch die Nase zu atmen und nimmt stetig den beißenden Geruch des Raumes war und den Geschmack seines eigenen Blutes.

›Ich sitze hier und vegetiere vor mich hin‹, denkt Jago. ›Wozu das Ganze? Ich muss hier raus. Raus!‹

Ihm fällt es schwer, einen klaren Gedanken zu fassen. Wirr schießen die Bilder der letzten Tage durch sein Gehirn. Fällt er in seinen flüchtigen Schlaf, ohne dabei jegliche Erholung zu erfahren, spiegeln sich die Ereignisse wider, die sich hinter dem Glas abgespielt haben. Wieder erwacht, verspürt er großen Durst in seinem Körper, der die Schmerzen fast schon überwiegt. ›Dieses Salz … dieses Salz macht mich fertig.‹

Die Naht, die seine Wange zusammenhält, ist minderwertige Arbeit eines Pfuschers. Laienhaft ist Jago zusammengeflickt worden. Dem Puppenbauer ist es einfach gleichgültig. Nicht wichtig, wie seine Werke im Detail aussehen. Sie sollen funktionieren. Das Gesamtbild soll stimmen. Jago ist das Objekt seiner Arbeit. Die Nähte an seinen Armen und Beinen, die

die Wunden der Peitschenhiebe festzurren, spürt er kaum noch. Das Ziel dieser Qualen erschließt sich Jago keineswegs. Seine Sinne vollends zusammenzuhalten, ist er ohnehin kaum noch fähig. Todesangst bestimmt sein Bewusstsein.

Wie schon in den letzten Tagen immer häufiger, fahren die Scheinwerfer regelmäßig herunter. Das Licht erlischt und gibt ihm den Blick frei auf seine Umgebung. Jago hält dennoch seine Augen geschlossen und versucht, sie so lange als möglich nicht zu öffnen. Er will nichts von den Greueltaten erfahren, die sich um ihn herum abspielen. Die grausamen Bilder in seinem Kopf sollen nicht noch weiter angereichert werden. Doch früher oder später muss er sich dem Entsetzen stellen. Die menschliche Neugier vermag unglaublichen Druck auf einen Geist auszuüben, der seine Kraft nicht zur Gänze entfalten kann. Was er dort sieht, macht ihm weiterhin Angst. Menschen, die er zu kennen glaubt, leiden. Sie sind nicht mehr sie selbst, scheinen neben sich zu stehen.

›Was ist nur aus der Diva geworden?‹ Er blickt in ihre Zelle und nimmt ein neues Bild ihrer Person wahr. Sie scheint ganz ruhig. Steht im Raum, lässt die Arme hängen. Ihr Geist ist fort, ihre Würde verflogen. Sie reißt die Augen auf, als wolle sie Leben in sich aufsaugen. Sie legt den Kopf auf die linke Schulter und schnappt immer wieder in unregelmäßigen Intervallen nach Luft. In den Anfangsstadien ihres Leidens hatte sie Jago schon häufiger sehen müssen, doch nie so weit fortgeschritten.

›Was tun die mit uns? Ist es das Salz? Bringt es uns dem Wahnsinn näher? Wem nützt ein solches Geschöpf, das die Diva nun ist, … das auch ich werden soll?‹

Zudem hat sich die Erscheinung der ehemals so edlen Frau völlig verändert. Schwarz-weiße verschlissene Kleidung und ein bleiches Gesicht. ›Sie haben sie geschminkt. Diese Gottlosen. Warum tun die das? Sie sieht fast aus wie eine von ihnen.‹

Tiefschwarze Augenränder über weißen Wangen. Das Blut auf ihrer Kleidung hebt sich von den hellen Stoffen ab und kann nur ihr eigenes sein. Die Diva scheint gebrochen, sie konnte dem Druck nicht standhalten. Als sie in einer Sekunde unkontrolliert zuckt, zeigt sich für einen Moment ihr Gebiss. Jago erkennt, was er bereits geahnt hat. ›Sie haben ihre ... Zähne, ... das ist doch Wahnsinn!‹

In einer Lache aus eigenem Blut steht diese Gestalt, die mal eine stolze Frau gewesen ist. Als Jago sieht, weswegen das Blut an ihr herabtropft, wendet er sich erschrocken ab. ›Die Fingernägel. Großer Gott, was machen die aus uns? Es muss doch einen Ausweg aus dieser Hölle geben.‹

Einige Minuten beginnt er zu wimmern. Seine Lage scheint aussichtslos. Niemand wird ihn hier finden, wo auch immer er sich befinden mag. ›Woher soll man nur wissen, dass es diesen grauenhaften Ort gibt?‹

Als sich die Pforte zu der Zelle öffnet, senkt er schnell den Kopf. Niemand soll ihn weinen sehen. Sie ist da. Jackie baut sich vor ihm auf und scheint Gefallen an seinem Anblick zu finden. Sie lächelt. Strahlt geradezu. Jago bemerkt das Taschentuch in ihrer Hand, das sie locker zwischen ihren Fingern hält.

»Dies Taschentuch bekam einst meine Mutter von 'ner Ägypterin. Sie war eine Zauberin und konnte fast Gedanken lesen«, säuselt Jackie, als wäre der Text ihr vorgegeben.

»So etwas wie du hatte doch nie eine Mutter«, will Jago sagen, doch es fällt ihm schwer - so verlassen nur unverständliche Laute seinen Mund.

»Ich spreche aus aufrichtiger Zuneigung und redlichem guten Willen«, spricht Jackie ungeachtet der kläglichen Versuche Jagos, sich zu artikulieren.

Sie will gerade fortfahren, da nimmt der Mann all seine Kraft zusammen und brüllt: »Du hattest doch … nie eine M-mutter, du Ausgeburt der H-hölle!«

Jackie stockt. Sie denkt nach. Aus ihrer Rocktasche holt sie ein kleines Säckchen hervor. Jago weiß genau, was sich darin befindet.

»Nein!«, versucht er, sich zu wehren und wendet seinen Kopf ab.

»Komm, guter Jago. Nehme er seine Medizin.«

Jago presst die Lippen zusammen. So fest er kann.

»Nehme er seine Medizin, und mache er seine Herrin glücklich.«

Der gefesselte Mann auf dem Stuhl hat Angst. Er will sich nicht der Prozedur unterziehen. ›Ich will nicht enden wie die Diva und alle anderen.‹

Er merkt, Gesichter wenden sich ihm zu. Sie stehen nur auf kurze Distanz vor ihm hinter Glas. Es werden mehr. Die Diva und einige andere geschminkte Gesichter, die ihm bekannt vorkommen, blicken ihn an. Scarlett, Ruby und der Puppenbauer starren ebenfalls zu ihm hinüber. ›Warum tun sie das? Wollen sie mich zu sich rufen?‹

»Nehme er seine Medizin.«

›Medizin? Das ist Salz. Pures Salz! Was soll diese Medizin schon bewirken?‹

Doch Jago öffnet seinen Mund nicht. Jackie lächelt weiterhin. Betrachtet ihn, als wäre er ein Säugling, der sich weigert und sein Schicksal noch nicht kennt. Das Kind wird jedoch müssen. Es hat gar keine andere Möglichkeit, als sich der Kraft seiner Herrin zu beugen.

»Nehme er seine Medizin, oder ***er*** wird kommen müssen.«

›Nein, nicht er! Er soll nicht kommen. Bitte nicht! Was soll ich nur tun?‹ Nervös zucken die Augen Jagos umher.

»Ja, so behagt es mir. Weit auf, den Schlund. Die Medizin ist gut für uns alle.« Jackie lässt den Inhalt des Säckchens auf die blutige Zunge Jagos rieseln. Er wehrt sich kaum. Die Angst vor dem Puppenbauer, vor seiner Gewalt, vor den wiederkehrenden Schmerzen, davor, dass ihm das gleiche Leid widerfahren wird wie der Diva und den anderen, ist übermächtig. »Denke nur an deine Sünden, Jago, und die Medizin wird dir wohl gefallen.«

Die heutige Ration ist die gleiche, wie in den letzten Tagen. Jackie verfolgt offensichtlich einen Plan. Gewalt übt sie selbst keine aus. Sie ist nur die Herrin der Macht.

Ihre Meute wird ihr folgen, ob aus Angst oder Überzeugung …

Zuneigung

SEINE AUGEN HATTEN etwas Besonderes. Sie waren nicht leuchtend blau oder giftig grün. Sie waren sogar unbestimmt grau, bis ins Bräunliche tendierend. Jemand, der sie sich nicht genau ansah, empfand sicherlich nicht, dass sie übermäßig anziehend wirkten. Doch als ich diesen Ausdruck in seinen Augen sah, diese Stärke, diesen Willen, alles zu erreichen, was er sich vorgenommen hatte, war ich wie elektrisiert. Ich traute mich kaum, ihn anzusehen, und war doch gebannt von seiner Anwesenheit, wenn er den Raum betrat. Es war mir regelrecht unerträglich, nicht zu wagen, in seine Augen zu sehen.

»Den Hut musst du etwas enger machen«, waren seine ersten Worte zu mir, die einen eigenartigen Wohlklang in meinen Ohren auslöste. »Er rutscht mir bei schnellen Bewegungen sonst vom Kopf. Diese Panne wäre verheerend.«

Diese Kopfbedeckung zu bearbeiten, bereitete mir außerordentliche Freude. Den Stoff zu bearbeiten, der seinen Körper zieren sollte, dieses Material in meinen Händen zu halten, das ihn schmücken würde, ihn durch mein Werk zu einem ausdrucksstarken Schauspieler machen zu können, hatte für mich etwas von der Erfüllung eines Traumes. Auch wenn andere Kollegen des Theaters hässlich zu mir gewesen sind, wenn die Diva und auch Edward Hamilton sich meiner Person gegenüber nicht gebührend verhielten, so hatte ich doch *ihn*. Martin gab mir neuen Mut, doch anerkannt zu werden.

Der junge Schauspieler lächelte viel, war freundlich, zuvorkommend und machte zu keiner Zeit den Eindruck, in diese eigenartige Mühle der überflüssigen schlechten Stimmung am Theater gezogen zu werden. Ein Mann, der etwas älter war als ich, ledig, keine Kinder, durchaus attraktiv und sportlich und zudem mit Manieren – er hatte, ohne dies zu ahnen, mein Herz schon bald erobert. Stets raste und pochte es in mir, wenn er den Raum betrat. Und sah ich ihn auf der Bühne, fühlte es sich unsagbar gut an, ihn zu sehen. Es löste Wärme in mir aus. Er spielte so überzeugend, so erfrischend – in jeder Rolle. So gerne hätte ich neben ihm auf der Bühne gestanden, vielleicht sogar im wahren Leben. Nur, wie sollte ich Martin, den smarten Schauspieler, der sicherlich viele Frauen hätte haben können, für mich gewinnen? Wie könnte ich ihn überhaupt auf mich aufmerksam machen? Ich, die kleine Schneiderin.

Schon als ich im zarten Alten von 16 Jahren erstmals auf eine normale Schule gehen durfte, nachdem ich die Mauern der Erziehungsanstalt verlassen konnte, begegnete ich dem anderen, mir im Detail noch fremden Geschlecht mit neuen Augen. Plötzlich waren Jungen nicht mehr einfach nur da, weil sie eben auch in der Anstalt lebten, sondern sie hatten, jeder für sich, ein ganz eigenes Leben und viel zu erzählen. Sie kamen von überall her, manche hatten sogar Eltern aus fernen Ländern und lebten teilweise in fast schon separierten Kulturkreisen in unserer Mitte. Es war so spannend für mich, neue Menschen kennenzulernen und deren Geschichten zu hören, Erfahrungen mit ihnen auszutauschen – wobei meine

Erlebnisse doch mehr auf Unglauben und verwirrte Gesichter stießen.

Damals hatte ich eine enge Bindung zu einem für mich ganz besonderen Jungen aufgebaut. Justus Verhoeven. Wenn ich diesen Namen ausspreche, dann mit einer verträumten Verliebtheit. Heute noch. Justus Verhoeven. Er war so wunderbar.

»Siehst du diese Hände«, sagte er einmal zu mir, »sie werden dich niemals loslassen.«

Wir waren so sehr ineinander verliebt, dass es wahrlich schmerzte, wenn wir für ein paar Stunden getrennt waren. Justus war kaum älter als ich, was bedeutete, dass wir die Nächte niemals gemeinsam verbrachten. Die Zeit zwischen der abendlichen Verabschiedung und der morgendlichen Begrüßung dehnte sich ins Unermessliche. Erst recht, wenn wir den Abend auf unserer Lieblingsbank am Waldesrand verbrachten, um zu beobachten, wie sich die Lichter der Stadt nach und nach erhellten.

»Was willst du von dieser Verrückten?«, musste sich Justus oft von so genannten Freunden anhören. »Die kommt doch aus dem Knast.«

Sie alle waren gegen unsere Liebe. Hassten mich. Keiner gönnte uns unser Glück. Doch Justus wehrte sich eisern und blieb standhaft. Er bekannte sich zu mir. Das tat so gut. Er war eben mein Justus. Mein Justus Verhoeven.

Als sie kamen, waren wir nicht darauf vorbereitet. Wir hätten es sein sollen, denn Justus gehörte zuvor zu der Gruppe, der er wegen mir den Rücken kehrte. Das konnten sie nicht einfach hinnehmen. Der Abend wurde gerade zur Nacht, und die Lichter der Stadt waren bereits überwiegend zu sehen. Wir saßen nichts ahnend und eng umschlungen da, wollten gerade gehen, als der Schlag auf seinen Hinterkopf die Ruhe jäh zerschnitt. Drei Minuten später wären wir an einem anderen Ort gewesen. In Sicherheit. Ich bin nicht sicher, ob der Schlag so hart geplant war, jedoch klaffte auf der Stelle eine offene Wunde an seinem Kopf, und das Blut spritzte auf meine Kleidung, und mein Herz brach zugleich entzwei.

»Na, Feuergesicht?«, sagte einer aus der Gruppe, den ich im Dunkel noch nicht einmal wirklich ausmachen konnte. »Angst?«

›Feuergesicht‹, dachte ich. ›Verfolgt mich dieser Fluch überall hin?‹ Ich schnellte hoch und wollte doch zu Justus, der mir aus den Armen geglitten war. Auf der Erde lag. Bewegungslos.

»Jetzt ist wohl der Moment zu rennen, … Feuergesicht!« Er fauchte dieses Wort zwischen seinen Zähnen hervor, als wäre es ein Fluch, den es zu verachten galt.

Ich wollte das nicht. Ich konnte nicht weg. Justus brauchte mich. Fortrennen kam nicht in Frage. Nicht schon wieder. Ich wollte meinem Freund helfen, der hilflos am Boden blutete.

»Was wollt ihr? Was soll das? Was habt ihr nur vor?« Verwirrt stellte ich die Fragen, ohne Antworten abzuwarten. Ich begab mich hinab zu Justus, um ihm den Kopf zu halten. Alles war voller Blut. Meine Hände getränkt. Meine Bluse. Mein Gesicht voller Blutstropfen, die sich mit meinen Tränen vermischten. Alles war dunkelrot im Licht des Mondes. »Was habt ihr vor?«

»Es ist besser, Feuergesicht, wenn du nun schön rennst. Besser für dich, besser für ihn … und lustiger für uns.«

Ich sah in die Gruppe. Die Gestalten von sieben oder acht jungen Männern bauten sich vor mir auf und kamen im Mondlicht näher. Einer übernahm die Führung und ließ erneut seinen Knüppel hinab, der einen Holzbalken der Bank mit einer Wucht zertrümmerte, als bestünde dieser aus Papier.

»Renn, hab ich gesagt!«, schrie er. »Hörst du nicht? Wir wollen dich rennen sehen. Wir wollen dich jagen!«

Mein Schluchzen versuchte ich zu unterdrücken. »Nein«, wetterte ich dagegen. »Nein, ich bleibe bei Justus.«

Im nächsten Augenblick hob er seine Keule und ließ sie auf Justus' Schienbein niederkrachen. Das Geräusch des Knochens werde ich niemals vergessen. Holzig und doch voller Widerstand hallte es in den Wald hinein.

»Lauf lieber«, sagte eine weitere Stimme aus dem größten Abschaum, den meine Augen jemals gesehen hatten, »es ist für ihn besser, wenn du nicht da bist.«

Ich verstand. Sie wollten uns trennen. Sie hatten es auf mich abgesehen. Justus musste mehr leiden, wenn ich versuchte, mich zur Wehr zu setzen – ihn zu verteidigen, war mir ohnehin nicht möglich. Ich rannte. Rannte, so schnell ich konnte. Das Lachen der Jungs schallte zwischen den Baumstämmen hervor. Sie hatten ihren Spaß. Lange gab ich in diesem Wald alles, was ich hatte, und floh. Ich musste Justus zurücklassen.

Immer wenn Martin mich ansprach, benötigte ich einige Momente, bis ich zu mir kam. Er muss wahrlich gedacht haben, dass ich nicht ganz bei Sinnen gewesen bin. Dabei hatte ich ihn einfach nur gern und genoss es geradezu, mit ihm Kontakt zu haben.

»Der Mantel ist unter den Armen etwas eng«, sagte er und merkte auf: »Hallo? Hast du verstanden?«

»Bitte? Ähem, ja, der Mantel, … unter den Armen, klar.«

»Was ist denn los mit dir, Jacqueline? Bist wohl nicht bei der Sache, was?« Er lächelte, wie er es meistens tat. »Bist in Gedanken wohl bei deinem Freund, hm?«

Er ahnte ja nicht, wie nahe er der Wahrheit tatsächlich war. »Äh, was? Nein. Ich …, äh, ich hab gar keinen.«

Mir war es äußerst peinlich, ausgerechnet mit ihm über mein Liebesleben zu reden. Gleichermaßen machte es mir Freude, gerade und ausgerechnet mit ihm diese Unterhaltung zu führen.

»Du hast gar keinen?«, stieß er verwundert aus, während er mir den Mantel überreichte. »Welche Verschwendung. Sind die Männer denn alle blind?«

Als er diesen Satz sagte, ging in mir die Sonne auf. Ich wusste, dass er übertrieb, aber wichtig war das für mich nicht. Verschwendung, weil ich ohne Partner lebte? Blind, weil ich doch irgendwie gut aussah? Attraktiv war? Attraktiv in seinen Augen? Tatsächlich?

»Ach«, brachte ich mit der größten Verlegenheit hervor, »es hat einfach nur noch nicht den Richtigen gegeben.«

»Na, du wirst doch sicher schon dem einen oder anderen jungen Mann begegnet sein. Hab ich recht?«

»Nun …«, in diesem Moment betrat die Diva den Raum. Immer wenn sie einen Raum mit ihrer Anwesenheit erfüllte, durchflutete, überströmte, stockten die Gespräch oder stoppten wie in diesem Falle zur Gänze. Sie setzte sich in unsere Nähe und zupfte angewidert an einem ihrer Kleider herum, um mir zu signalisieren wie stümperhaft ich in ihren Augen arbeitete.

Martin lächelte mich an. Er sagte nichts mehr. Er hatte mit mir über den Richtigen für mich gesprochen. Weshalb ich den einen Wahren nicht an meiner Seite hatte, wunderte er sich. Er konnte ja nicht ahnen, was mir damals widerfahren war.

Ich rannte schneller als jeder der jungen Männer. Meine Ausdauer, gepaart mit meiner Angst und meiner Wut, beflügelten mich. Die Flucht durch den Wald glückte mir, und bald hörte ich nichts mehr von dem grauenvollen Kichern meiner Jäger. Es wandelte sich in ein atemloses Keuchen, das rasch in meinem Rücken verstummte. Nur hatte ich das Gefühl, umkehren zu müssen. Ich musste mich um Justus kümmern.

Nachdem ich umgekehrt war, hörte ich bald schon die Stimmen der jungen Männer. »Die Kleine hätte uns nicht entwischen dürfen, verdammt.«

»Was kann ich denn dafür, wenn du zu dick bist, um mitzuhalten?«

»Was bin ich? Dick? Gleich kriegst du von mir eine mit der Keule, Kumpel.«

»Hebt euch eure Kräfte lieber für unseren Romeo auf. Der kann noch einiges vertragen, wenn wir schon nicht sein Püppchen als Spielgefährtin haben.«

»Ja, lasst uns zurückgehen, Leute. Das wird ein Spaß.«

»Aber übertreib es nicht wieder.«

»Nein, ich pass schon auf. Bei dir hab ich ja auch aufgepasst, Kleiner.«

Das musste ich verhindern. Sie durften sich an meinem Justus nicht ein weiteres Mal vergehen. Nicht, wenn sie mich dafür bekommen konnten. Ich war nicht so wichtig. Justus konnte sich nicht mehr wehren. Also machte ich mich bemerkbar.

»Habt ihr das gehört?«

»Was denn?«

»Da war doch etwas.«

»Bestimmt ein Reh, Kleiner.«

»Da! Das ist Sie. Sie ist zurück. Los! Ring frei zur nächsten Runde.«

Ich ließ sie näher kommen. Sie mussten denken, mich erwischen zu können. Bis auf wenige Meter waren sie herangeeilt. Erst jetzt bewegte ich mich. Zunächst nicht besonders schnell. Sie sollten ihr Erfolgserlebnis zum Greifen nahe haben. Keiner von ihnen ahnte wohl, dass ich mit ihnen spielte. Ich musste nur auf der Hut sein vor ihren Knüppeln, die sie mit zunehmender Frustration nach mir warfen. Sie wollten mich haben. Sie mussten mich bekommen, um Justus nicht noch mehr traktieren zu wollen. Beharrlich trieb ich sie immer weiter fort. Selbst die unsportlichsten der Gruppe blieben eine Weile dran, weil der Erfolg doch so sehr bevorstand. Sie mussten quasi nur ihre grässlichen Hände nach mir ausstrecken, um mich packen zu können. Ich hielt meinen Abstand zu ihnen ein. Fortwährend zog ich sie tiefer in den Wald, der immer dunkler wurde, kaum noch das Licht des Mondes durch die Wipfel der Bäume dringen ließ. Ich würde die Jagd gewinnen, aber das Wettrennen konnte nicht das Ende sein.

Ein Schauspieler seiner Klasse war für mich unerreichbar. Ein Mann wie er passte einfach nicht in die kleine Welt einer Kostümbildnerin mit einem Feuermal. Martin standen die Türen offen. Mit seinem Charme hatte er die Fähigkeit, sämtliche Frauen zu umgarnen. Dabei hatte er es bei Weitem nicht nötig, jede seiner Möglichkeiten zu nutzen. Ich gewann mehr und mehr den Eindruck, dass er trotz seiner Chancen immer ein anständiger Mann geblieben war. Ja, er hatte sogar immer häufiger freundliche Worte für mich gefunden, was mich ganz und gar überraschte. Immer wieder.

»Die Kombination meines Kostüms und die der Kollegen ist dir wieder hervorragend gelungen, Jacqueline. Toll, deine Arbeit.« Seine Worte lösten in mir Freudenstürme aus. Das Lob aus seinem Munde wog weit mehr als jegliche Wertschätzung einer anderen Person.

Es machte den Anschein, dass mich seine Kollegen mieden, je öfter meine Arbeit Anklang bei ihm fand. Erst recht die Diva ging mir aus dem Weg. Sie blickte mich stets mit Eiseskälte an, sprach nur die nötigsten Sätze und wertschätzte nicht mit einer Geste meine Strapazen, die ich bezüglich ihrer Sonderwünsche auf mich nahm.

Eines Abends, als ich mal wieder Überstunden für unsere Hauptdarstellerin machen musste, kam sie in meine kleine Kammer. Sie hatte so gar nichts von der großen Dame, die sie stets angestrengt darzustellen versuchte. Ungeschminkt und in legerer Kleidung wirkte sie älter, abgespannt und verbraucht. Ich war überrascht, welchen Unterschied es machte, wenn sie in ihrem Kostüm stand, im rechten Licht und mit Würde ihren Text darbot.

»Du arbeitest also noch, ja?«, sagte sie spitzzüngig, ohne eine Begrüßungsfloskel vorab fallen zu lassen.

»Wie Sie sehen.« Ich war es leid, mich ihr gegenüber mit herabwürdigendem Respekt zu äußern. »Ich muss ja Ihr Kleid für Morgen fertig stellen, damit Sie wieder gut aussehen.«

Das stach. Sie ahnte, dass sie hier in diesem Raum nicht mehr jene Dominanz verkörperte, die ihr sonst zu eigen war. Ihre Adern an den Schläfen traten hervor, sie hätte wahrlich Galle spucken können. Aber hier in dem kleinen Kämmerlein waren wir alleine. Niemand konnte sie hören, wenn sie die kleine Schneiderin beleidigte, kränkte, in ihre Schranken verwies. Sie brauchte in solchen Momenten Publikum. Alles andere wäre vergebene Mühe gewesen.

»Pass gut auf, kleine Kostümfrau. Du wirst es noch bitter bereuen, wenn du dich mir entgegenstellst.«

Kostümfrau. Da war wieder dieses Wort. War es ein allgemeingültiger Terminus, der meinen Berufsstand herabsetzte?

»Und dein Techtelmechtel mit Martin ...«, ich sah bei ihren Worten verblüfft auf, als hätte sie eine wahrhafte Liebelei aufgedeckt, »... das lässt du lieber sein. Der Kleine ist nichts für dich. Kapiert, Mädchen?«

Wut stieg in mir auf. Ich hätte Feuer speien können. Mit drohender Gebärde richtete ich mich auf. Auch wenn die Diva mir an Körpergröße überlegen war, schaffte ich es, dass sie einen ängstlichen Schritt von mir abwich. Aggressionen loderten in mir hoch. Aus den Augen mir gegenüber empfing ich Furcht. Ich verspürte die Macht, diese Frau in die Enge zu treiben. Sie zollte mir erstmals eine gewisse Nuance von Respekt. Nie hätte ich gedacht, dass mir dies gelingen könnte.

Meine Verwunderung versuchte ich zu überspielen und hielt an meiner Haltung fest. Doch dann verspürte ich ein neues Gefühl. Genugtuung. Diese Frau dort, die die Königin des Theaters war, hatte Bedenken bezüglich meiner Person. Ihr missfiel mein Umgang mit dem bestaussehenden und charmantesten Mann ihres kleinen Königreiches. Sie wollte intervenieren, Einhalt gebieten, sodass ihre Felle nicht davonschwammen. Nicht davonschwammen wegen mir, der kleinen Kostümfrau. Ein größeres Kompliment konnte mir die Diva gar nicht machen.

Ich setzte mich wieder und begann zu grinsen. Mein doppelter Erfolg, das Kompliment und ihre ängstliche Zurückhaltung, versüßten mir den Tag.

»Ich denke darüber nach«, sagte ich, ohne weiter aufzusehen und arbeitete an dem Stoff auf meinem Schoß weiter.

»Pass auf, dass wir dich nicht kriegen!«, zischte sie und verließ den Raum.

›Mich nicht kriegen?‹ Was hatte das zu bedeuten?

Das letzte Mal, als ich diesen Satz gehört hatte, rannte ich durch den Wald. Die Jungs in meinem Rücken keuchten, aber hatten offensichtlich ihren Spaß an der Hatz auf mich. Sie bemerkten nicht, dass die Tiefe des Waldes für uns alle neues Territorium bedeutete. Die einzige Lichtquelle waren die wenigen Strahlen, die der Mond auf die Erde reflektierte. Hier waren wir alle gleich, obwohl die Anzahl der Gegner ungleichmäßig verteilt war.

Mein Abstand vergrößerte sich mit Leichtigkeit. Zwei hielten einige Momente mit, drei weitere brachen bald darauf ab und der Rest ... der Rest lag weitab von seinen Freunden.

Im allgemeinen Durcheinander gelang es mir, unbemerkt die Richtung zu wechseln. Ich umkreiste die Bande und schloss mich ihr hinten wieder an. Sie trotteten noch auf der Suche nach mir vorwärts, ohne zu ahnen, wo ich mich tatsächlich befand. Ein kleiner Dicker hechelte und japste. Ihn erreichte ich als Ersten. Eine der Keulen, die nach mir geworfen worden waren, hatte ich zuvor aufgenommen. Ich sah kein Blut spritzen. Dazu war es viel zu dunkel. Aber es war da. Ich spürte es auf meiner Haut.

»Was war das? Habt ihr sie?« Aufgeschreckt von dem knappen Schrei des Dicken drehten sich die Kerle im Kreis. Noch realisierten sie nicht, dass ich zurückgekehrt war.

»Hat sie einer?«

»Ich nicht.«

»Ich auch nicht.«

»Verdammter Mist, wo ist sie denn überhaupt?«

»Lasst uns zurückgehen. Der kleine Justus soll uns noch Freude machen, bevor er aufwacht.«

Das war mein Stichwort. Leise und unbemerkt schlich ich mich an einen nach dem anderen heran. Meine Rachegelüste machten mich stärker, als die Jungs je hätten sein können. Wir alle wirbelten mit unseren Knüppeln, ohne wirklich zu sehen, auf was wir da einschlugen. Teilweise verletzten sie sich gegenseitig. Meinen Vorteil, das gedämpfte Licht und den Überraschungseffekt, konnte ich mit einer guten Portion Glück für mich nutzen und traf oftmals als Erste so hart, dass mein Gegenüber zusammenbrach.

»Verflucht, was ist das? Wer ist das? Ist *sie* das? Das kann doch gar nicht sein! Da muss noch jemand sein!«

Hatten sie noch immer nicht begriffen, wer sie da niederschlug? Waren sie so dumm gewesen? Oder trauten sie mir einfach nichts zu?

»Lasst uns abhauen!« Zwei oder drei von ihnen flüchteten ins Ungewisse. Ich hatte mein Ziel erreicht. Gesiegt. Die anderen schleppten sich, so gut sie konnten, durch die Nacht und wurden am nächsten Morgen von einem Bauern aufgelesen. Einer von ihnen, der Dicke, der meinen aufgestauten Zorn als erstes abbekam, hatte es nicht geschafft. Nicht schaffen können. Er blieb liegen. Meine anfängliche Wut auf die Mistkerle muss wohl doch zu mächtig gewesen sein.

Als ich atemlos zu Justus zurückkehrte, bewegte er sich nicht. Auf der Lichtung an unserer Bank war es für mich taghell nach den Szenen im tiefdunklen Wald. Ich ahnte, wie schlecht es ihm ging. Sein Bein war nur ein kleines Problem. Als ich es letztlich schaffte, Hilfe zu holen, war es für ihn im Grunde schon zu spät. Zwar kämpfte er noch vier Wochen und rang mit dem Tode, doch letztlich sollte er seinen Kampf verlieren.

Der Kampf in meinem Dasein begann daraufhin auf ein Neues ...

Lächle, Jago

OHNE REGUNG SITZT der Mann, den Jackie Jago nennt, auf seinem Stuhl. Die Fesseln sind gelöst worden. Seine Gegenwehr hat nachgelassen. Das künstliche Lächeln in seinem Gesicht ist einseitig. Die Wunde auf der rechten Wange hat noch keine Zeit gehabt zu verheilen. Bis der Puppenbauer die Nähte ziehen kann, werden noch einige Tage vergehen müssen.

»Jago, dein Lächeln ist mir noch nicht genehm.« Bei diesen Worten des Puppenbauers schreckt der Mann auf. In seiner Apathie hat er die Anwesenheit seines Gegners nicht bemerkt. Er ahnt, was es zu bedeuten hat. »Lächle Jago, lächle, wie du es nie zuvor getan hast.«

Die linke Wange des Mannes zuckt. Er versucht das perfekte Lächeln vorzugaukeln. Ein Lächeln, das dem Puppenbauer und seiner Herrin gefallen möge. Es fällt ihm sichtlich schwer, die Schmerzen der Wunden in seinem Gesicht trüben den Eindruck.

»Lächle, Jago.«

Unter Anstrengung bebt die linke Gesichtshälfte.

»Lächle, Jago. Kannst du nicht lächeln?«

Vergebens. Der Mann gibt auf. Er schafft es nicht. Der Puppenbauer erkennt das Kapitulieren seines Opfers und schnauft mit einem Anklang der Genugtuung: »Nun gut, du lässt mir keine Wahl. Jackie will dich lächeln sehen.«

Die Arbeit des Puppenbauers verrichtet er mit geübten Handgriffen, wie er es schon mehrfach praktiziert hat. Das Messer ist scharf, das Fleisch bietet kaum Widerstand, und die Nadel führt den Faden anschließend ohne zu Zögern, um die blutenden Wangen alsbald zusammenzuführen. Der Puppenbauer arbeitet schnell und routiniert. Er denkt nicht darüber nach, hat Freude an seinem Werk. Die Laute des Opfers scheinen gedämpft. Er gibt sich dem Leid hin. Hat es angenommen. Es gehört zu seinem Leben. Lethargisch stellt Jago sich zur Verfügung. Mit leerem Blick. Er hat kaum noch etwas von dem Menschen, der er noch vor einigen Tagen gewesen ist. Innerlich wartet er. Wartet auf ein Ende. Es möge kommen. Doch irrt Jago. Ein Ende soll nicht das Ziel sein.

»Jago, empfiel mich meiner lieben Herrin. Leb wohl!«, spricht der Puppenbauer und betrachtet noch einmal seine Tat. »Du bist wohl gelungen.«

Kurz nachdem er die gläserne Zelle verlassen hat, tritt sie ein. Jackie ist fröhlich. Sie hat allen Grund. Jago ist bald soweit. Er wird gebraucht. Zufrieden mustert sie ihn von allen Seiten. Als sie ihm die Hand reicht, nimmt Jago sie entgegen. Die Herrin führt ihn durch den Raum. Humpelnd, aber mit festem Gang, schreitet er.

»Jetzt seht den Burschen an«, sagt Jackie mit Stolz in ihrer Stimme, als würde sie von ihrem eigenen Zögling sprechen. »Ein Kriegsmann. Würdig, seiner Herrin beizustehen. So kann er seine Arbeit tun.«

Das Säckchen, das Jackie aus der Tasche zieht, löst jedoch noch immer eine ablehnende Haltung in Jago aus. Sein dauerhaftes Lächeln wirkt erzwungen, mehr noch als es ohnehin schon ist. Er ist noch bei Bewusstsein, hat noch einen Willen. Einen Willen, der hervorkommt, wenn er an diese Substanz denkt.

Gedanken, die ausgelöscht geglaubt waren. Dies ist bei seiner Herrin nicht erwünscht. Mit harter Hand treibt sie ihn zurück auf seinen Platz.

»Kriegsuntauglich bist du noch, mein lieber Jago«, zischt Jackie, als sie ihm ein Band aus Leder um den Hals legt. »Kriegsuntauglich und deiner Herrin noch nicht würdig.«

Jackie begibt sich in den Hintergrund, und der Puppenbauer erkennt, dass sein Tagewerk noch nicht beendet ist.

»Ist der Zögling noch am Wanken? So sei es.«

Das Seil, das vom Halsband an die Decke führt, findet sich an einer unscheinbaren Seilwinde an der Tür wieder. Mit dem Kurbeln verbindet Jago noch nichts. Erst als er bemerkt, dass der Zug auf seinen Kehlkopf größer wird, muss er sich aufrichten und holt unter Anstrengung tief Luft. In vollkommener Ausgeglichenheit dreht der Puppenbauer und kürzt die Strecke des Seils konstant. Die Spannung auf das Material steigt, als die Körpergröße des Mannes kaum noch ausreicht, um der Entfernung des Seiles zur Decke weiterhin zu genügen. Auf den Fußballen steht Jago und greift sich an das Band.

»Öffne deine Fessel nicht, Jago. Es wird dir übel ergehen.«

Er begreift, was sie ihm sagen möchte, und fügt sich. Seine Hände lassen ab. Seine Atmung ist kraftraubend, aber aufrecht zu erhalten. In dieser Position kann er überleben. Als Jago das begreift, stimmt er schweigend zu … und lächelt. Lächelt, so gut er kann. Seine Herrin will es so. Er ist ihre Marionette, aufgehängt an einem Seil. Sie kann mit ihm spielen, ihm befehlen, und er hat zu gehorchen. Jago ist auf dem besten Wege, eine Puppe zu werden.

»Nun, nehme er seine Medizin.«

Die kurze Reaktion auf Jackies Vorhaben übergeht die Herrin, blickt nur streng. Sogleich unterwirft sich Jago und öffnet seinen Mund, soweit er kann. Das Salz löst großes Leid aus und brennt sich in die Wunden. Ungeachtet dessen belässt Jago die Position. Er stöhnt, dreht sich, schnauft schwer. Jedoch nimmt er die Medizin entgegen. So wie er es nun gewohnt ist.

»Lächle, Jago. Wenn ich drauf wetten sollte, dass du treu bist, ich tät's bei meiner Seele. Lächle, Jago, und sei bei deiner Herrin.«

Jago lächelt. Eine andere Wahl hat er nicht ...

Sommernachtstraum

ES WAR MIT SICHERHEIT der Einfluss von Martin, der mich meinem Traum näher brachte. Nachdem eine unbedeutende Kollegin erkrankte, musste Ersatz für ihre Rolle gefunden werden. Ich dachte niemals, dass die Wahl auf mich fallen könnte. Aber Martin hatte mich tatsächlich vorgeschlagen. Er traute mir die Aufgabe zu. Er mochte mich. Wenigstens er. So musste der Leiter des Theaters zumindest darüber nachdenken, mir die Chance zu geben.

»Trauen Sie sich das zu, Jacqueline?«, fragte mich Edward Hamilton in einem fast militärischen Tonfall. »Es ist nur eine kleine Rolle, und Sie müssen kaum etwas sagen, aber wir können kein faules Obst auf der Bühne gebrauchen. Das macht uns die ganze Aufführung kaputt.«

Im seinem Büro fühlte ich mich unsicher und heimisch zugleich. Unsicher, da Edward mit seiner Anwesenheit die Stimmung vergiftete. Heimisch, weil zu meiner Überraschung der Raum mit ausgestopften Tieren dekoriert war. Anscheinend hatte er einen Hang zur Jagd. Töten war sein Hobby. Wundern konnte mich das nicht. Seine Trophäen stellte er gerne zur Schau. Mehrere Fasane, ein Geier und sogar ein Büffelkopf prangten an den Wänden. Edward war stolz auf seine Jagderfolge, prahlte damit jedoch nie öffentlich. Erst in diesem Raum erkannte man sein wahres Steckenpferd. Die große Überraschung in den Augen seiner Besucher schien er zu genießen. Ein ganzer Kerl, der mit Waffen umzugehen wusste. Diesen Eindruck wollte er wohl seinen Besuchern vermitteln. Skrupellos genug, eine Kreatur zu vernichten. Das Ausstopfen der leblosen Körper überließ er jedoch jemand anderem. Dass ich von dieser Tätigkeit Kenntnisse hatte, dass mir der Umgang mit toten Tieren und die Vorgänge der Präparierung geläufig waren, erwähnte ich mit keinem Wort. Mit keiner Geste ließ ich darauf schließen. Was hätte es mir in diesem Moment bringen können, mit diesem Menschen über seinen Zeitvertreib oder das Gerben, Auskochen und Bleichen toter Tiere zu sprechen? Er hätte mich aus einem neuen Blickwinkel gesehen. Aus seinem anspruchslosen Fokus gerissen. Mich in eine Position befördert, die mir als Kostümbildnerin in diesem Haus nicht angenehm erschien.

Ich tat so, als würde ich über das Angebot nachdenken müssen. Im Inneren war mir jedoch sofort klar, dass ich zusagen musste. Natürlich würde ich dabei sein wollen, wenn der Vorhang sich öffnete. Davon hatte ich doch seit Jahr und Tag geträumt. Auf einer richtigen Bühne stehen. Vor richtigem Publikum. Echtes Rampenlicht auf meiner Haut spüren. Wohltuend warm und fokussiert. Wie könnte ich da tatsächlich nur eine einzige Sekunde darüber nachdenken? Ja, ich wollte die Rolle. Aber Edward durfte nicht ahnen, dass ich darauf drängte. Meine erste kleine Rolle musste ich vor ihm spielen. Sollte mir das gelingen, würde er mir keine Steine in den Weg legen.

»Nun, wie soll ich sagen, ich traue mir das schon zu«, druckste ich und spielte verlegen mit meinen Fingern. »Ich möchte nichts falsch machen. Aber ich werde üben.«

Ich fühlte mich gut. Ich merkte, es funktionierte. Edward zweifelte an meinen Fähigkeiten und an meiner Überzeugung. Er fand Gefallen daran, mich stolpern, straucheln zu sehen und am Ende möglicherweise für einen Fehltritt betrafen zu können.

»Du darfst nichts falsch machen, Jacqueline. Wenn das passiert …«, er redete nicht weiter. An seinem Blick sah ich, dass ich wahrlich alles richtig machen musste. Einen weiteren Ausrutscher nach dem Zwist mit der Diva durfte ich mir nicht leisten. Nicht auf offener Bühne. Und das wollte ich auch nicht. Ich wusste, ich hatte die Fähigkeit zu tun, was von mir verlangt wurde. Hier in diesem Büro konnte ich Edward überzeugen. Folglich auch das Publikum.

»Du machst mit diesem Skalpell einen vorsichtigen Schnitt von kurz vor dem Schließmuskel bis hoch zum Brustkorb«, sagte Per zu mir, als ich mit gerunzelter Stirn auf den Mauersegler hinabsah, der auf dem Präparations-Tisch lag.

»Weshalb ist der so nass?«

Per lachte auf. »Ich musste ihn einfrieren und nun wieder auftauen. Der Kleine ist ja schon ein paar Tage tot.«

Er stopfte Watte in den Vogel, bevor ich beginnen sollte. »Leg los!«

Ich hatte Per Olov Enquist an einem nebligen Sonntagmorgen kennengelernt. Ich saß in einer Busstation und war vollkommen fertig. Die Nacht forderte ihren Tribut. Dieser verdammte Bus kam nicht, … aber Per. Er setzte sich zu mir und sprach mich an. Zwanglos. Ohne einen Hintergedanken. Das gefiel mir an ihm.

»Hat dich schon mal jemand am Sonntagmorgen zu Gebäck eingeladen?«

Ich hatte niemals zuvor einen eigenartigeren Satz gehört. Aber genau das war es wohl, was mich aufhorchen ließ. Zudem war ich vollkommen ausgehungert, da ich seit Tagen nichts Ordentliches zu mir genommen hatte. Schon im zarten Alter von 19 Jahren waren die Nächte mein Revier. Tagsüber habe ich mich unter den Menschen nicht wohlgefühlt. Sicherlich wich ich aus Eitelkeit in die Nacht aus. Ich fühlte mich nicht hübsch genug, um bei Tageslicht den kritischen und meist nüchternen Augen der Leute gegenüberzustehen.

»Diese Frage stellt mir jeden Sonntag irgendein anderer genau hier an diesem Ort«, antwortete ich lächelnd, »aber du sollst der Erste sein, der sein Geld für mich ausgeben darf.«

Per und ich wurden sehr schnell miteinander warm. Wir mochten uns, kamen uns jedoch niemals näher. Er war ein Freund. Nichts weiter. Jedoch der beste in meinem Leben. Zudem machte er mir seinen Nebenberuf schmackhaft.

Der erste Schnitt entlang des Bauches des kleinen Vogels fiel mir sichtlich schwer. Niemals habe ich einen Körper zerstört, ohne in Notwehr zu handeln. Erstmals musste ich mit Bedacht eine eigenartige Gewalt ausüben. Zwar an einem toten Tier, das nichts mehr spürte, dem mein Handeln kein Leid zufügte, aber als ich in dieses Geschöpf hineinsehen konnte, kam es mir so unglaublich lebendig vor.

»Dreh das Tier nun von innen nach außen. Wie einen Strumpf, Jacqueline. Es muss alles hinaus. Alles. Restlos. Die Knochen musst du sauber abtrennen. Wir werden sie später noch benötigen. Sie ergeben das Gerüst.«

Es machte mir überraschend wenig aus, das Tier so zu behandeln. Ich fragte mich, wie ich das schaffen konnte, aber es funktionierte. Ich funktionierte. Es machte mir sogar Freude, denn ich hatte das Gefühl, diesem Tier mit meiner Arbeit ein kleines Stückchen Leben einhauchen zu können. Seinem Tod einen Sinn zu geben.

Ich kratzte das Fett des Tieres von der Innenseite der Haut und entfernte die letzten Fleischreste von den Knochen. Das Seibokal roch zwar fürchterlich, aber um die Haut weich und geschmeidig zu halten, musste ich es immer und immer wieder auftragen. »Du machst das gut, Jackie, ich bin überrascht.«

Per war der erste Mensch, der mich ›Jackie‹ nannte. Ich dachte einen Moment darüber nach, ob mir dieser Name gefallen könnte und entschied mich, nicht dagegen zu sein. Obwohl mir damals ›Jacqueline‹ viel besser gefiel.

Immer öfter half ich Per bei seiner Arbeit. Wenn ich diese Tiere vor mir hatte und sie für mich herrichtete, begab ich mich in eine andere Welt. Plötzlich hatte ich nichts mehr von dem kleinen Mädchen, das zurückhaltend und scheu durch den Tag lief. Ich stülpte die Innereien von Lebewesen nach außen und fühlte mich überlegen. Nicht den Tieren gegenüber. Tiere haben mir niemals etwas getan. Überlegen all den schrecklichen Kreaturen, die mir selten etwas Gutes wollten. Keiner von diesen Leuten hätte dieses Glück bei dieser Arbeit empfunden, wie ich es erlebte.

»Das wird kein Problem werden«, munterte mich Martin auf. »Wir schaffen das.«

Er sagte »wir«, obwohl seine Rolle im Vergleich zu meiner ungleich größer und gewichtiger war. Er bezog mich ein, das gefiel mir. Ein Teil des großen Ganzen am Theater zu sein, nicht als unbeachtete Kostümbildnerin, sondern als eine Person, die direkt involviert war in die sichtbare Arbeit.

Ich stimmte Martin zu. Er sollte nicht das Gefühl bekommen, dass ich Angst hatte. Und die hatte ich sehr deutlich. Auch wenn ich auf meine Fähigkeiten vertraute, hatte ich die unbestimmte Vorahnung, dass etwas passieren würde, passieren musste. Mein Leben lief zu sehr in ungeregelten Bahnen ab, als dass nun plötzlich alles glatt gehen konnte. Aber ich war auf Schwierigkeiten vorbereitet. Immer. So glaubte ich.

Meine Rolle als der Elf ›Senfsamen‹ ging mir in Fleisch und Blut über. Wieder und wieder hatte ich geübt. Ich hatte fast schon das Gefühl, dass ich nicht mehr als Jacqueline die Kleider der anderen und mein eigenes schneiderte, sondern dass Senfsamen selbst da saß und nervös die Stoffe bearbeitete.

Der Tag kam, und die erste Aufführung sollte stattfinden. Meine Nervosität stieg. Glücklicherweise hatte ich meinen ersten Auftritt erst in der zweiten Szene des ersten Aktes.

Den Lysander spielte Martin mal wieder hervorragend. Als Liebhaber der Hermia überzeugte er nicht nur mich. Das Publikum zollte aufrichtige Begeisterung. Hinter der Bühne munterte mich Martin während kleiner Begegnungen stets auf. »Läuft alles gut?«

»Bisher bestens«, antwortete ich.

»Schön. Weiter so.« Seine Augen strahlten dabei.

Diese kurzen Kontakte musste die Diva registriert haben.

»Könntest du ein Tier so ausstopfen, dass es sich anschließend bewegen lässt?«, fragte ich Per einmal nach einem langen Abend in der Werkstatt.

Er grübelte kurz. »Du meinst, wie eine Puppe? Wie für Kinder … zum Spielen?«

»So in etwa, ja.«

»Technisch ist das sicher möglich. Man kann Gelenke einbauen, dann könnte man das Objekt bewegen und verändern.« Er sah mir tief in die Augen, während er das Glas Wein, das wir nach jedem solcher Arbeitstage obligatorisch tranken, beiseite stellte. »Aber warum sollte man das wollen, Jackie?«

»Um mit ihnen zu spielen?«, stellte ich in den Raum.

»Mit ihnen spielen?« Per zeigte sich interessiert. »Du willst mit toten Tieren spielen? Sie kuscheln und lieb haben, wie ein Kind ein Stofftier, oder wie?«

»Nein, eigentlich nicht«, erwiderte ich lachend. »War nur so ein Gedanke.«

»Warte, warte!«, lenkte er ein, und ich sah ihn überrascht an. Anscheinend hatte ich in ihm etwas ausgelöst. Per lehnte sich zurück. Er sagte zunächst nichts.

Fordernd blickte ich ihn an und wartete weitere Erklärungen ab.

Ich erkannte, dass er nicht genau wusste, wie er es mir begreiflich machen sollte. Er druckste. »Nun, ich denke da an Präparationen, die eigentlich nicht üblich sind …«

»Du meinst ehemalige Haustiere. Katzen, Hunde, Hamster, die noch echter, noch lebendiger wirken sollen, wenn man sie bewegen kann.«

»Ich dachte an ... Puppen.«

»Puppen?« Der Gedanke gefiel mir, jedoch ahnte ich nicht, was Per im Kopf herumging. »Puppen aus echtem Tierfell? Für Kinder?«

»Für Erwachsene. Und nicht aus Tierfell.«

Ich hatte keine Ahnung, was er meinte. »Nicht aus Tierfell? Also doch Plüsch.«

»Menschen.«

Ich sah ihn ernst an. Ein Tor hatte sich geöffnet. Er sah mich an und konnte seinen Blick nicht abwenden. Ich suchte nach Worten. Konnte nichts erwidern. Meine Gedanken überschlugen sich. Aber nun hatte ich begriffen, wovon er redete. Menschen. Wenn man Tiere ausstopfen konnte, warum nicht auch Menschen?

Per wechselte schnell das Thema, und ließ meine Fragen im Raume stehen. »Was ist mit deiner Schauspielschule?«

»Abgelehnt. Das wird wohl nie etwas«, seufzte ich.

Hermia glänzte auf der Bühne. Obwohl ich Müdigkeit in ihren Augen entdeckt hatte, schaffte es der Beleuchter wieder, sie in dem perfekten Licht darzustellen. Ihre Hermia sah wunderschön aus, auch wenn der Mensch in meinem geschneiderten Kleid eine hässliche Seele in sich trug. Man merkte der Diva jedoch an, dass ihr die vergleichsweise kleine Rolle nicht behagte. Sie musste im Mittelpunkte stehen, was in Shakespeares Sommernachtstraum nicht der Fall sein konnte.

Theseus, Egeus und Lysander waren die Hauptfiguren. Frauen spielten in dem Stück nur eine untergeordnete Rolle. Meine eigene war nur unwesentlich kleiner als die der Diva, wenn ihre auch mehr Bedeutung besaß.

Eifersucht kann Menschen zerstören. Sie bohrt, frisst, nagt an Stellen der Seele, die eigentlich gar nicht existieren. Eifersucht und Einbildung gehen oftmals miteinander einher. Der Neid, den die Diva auf mich projizierte, konnte von Bedeutungslosigkeit nicht überboten werden. Dennoch gab es diesen Stachel, der die Frau quälte, der entfernt werden musste. Der Stachel verstand sich gut mit dem smarten Darsteller des Lysander. Ich war der Stachel. Musste weg, beseitigt werden.

»Wir müssen improvisieren«, flüsterte sie mir hinter den Bauten der Bühne zu. Wir waren allein. Nur der Bühnenbildner saß einsam in der Ecke und blickte scheu zu uns hinüber. Morales zeigte kein Interesse an unserer Unterhaltung. Er verfolgte das Schauspiel auf der Bühne. Was die Akteure hinter seiner Kulisse taten, konnte für ihn nicht wichtig sein.

»Was ist passiert?«, fragte ich und sah in das Gesicht der Diva, die außer sich war. »Was sollen wir tun?«

»Helena ist zusammengeklappt. Kannst du den Text? Es fällt nicht auf, wenn Senfsamen fehlt.« Die Diva packte mich am Arm. »Du musst das tun. Eine andere Möglichkeit gibt es nicht. Du musst die Aufführung retten. Da draußen sind hunderte Menschen, die nichts bemerken dürfen.«

Sollte mein Glück tatsächlich so sehr herangewachsen sein, dass ich nun eine richtige Rolle in dem Stück zugesprochen bekam? Ich konnte es kaum fassen. Natürlich konnte ich den Text. Fast alle Texte des Shakespeare-Stücks hatte ich mir immer und immer wieder angesehen, gelesen und verinnerlicht.

Helena konnte ich. Ich wollte Helena sein. Ein Traum sollte, wenn auch überraschend und ohne Vorankündigung, in Erfüllung gehen.

Zitternd stand ich am Rande der Bühne und sollte gleich meinen Auftritt haben. ›Ich bin Helena.‹

Mein Herz pochte. Im nächsten Augenblick war es soweit. Ich trat hinaus, im selben Moment wie Lysander. Ich erkannte, dass sich die Blicke auf mich richteten.

Lysander fuhr in seinem Text fort. »Pflegt Spott und Hohn in Tränen sich zu kleiden? Wie glaubst du denn, ich huldge dir zum Hohn? Sieh, wenn ich schwöre, wein ich: solchen Eiden. Dient zur Beglaubigung ihr Ursprung schon. Kannst du des Spottes Reden wohl verklagen, die an der Stirn des Ernstes Siegel tragen?«

Dann sollte meine Zeit kommen, und ich sprach meinen neuen Text. Ich fühlte, wie neues Leben durch meinen Körper floss. Der erste Satz saß, und ich überzeugte in meinem Sinne: »Stets mehr und mehr wird deine Schalkheit kund. Wie teuflisch fromm, mit Schwur den Schwur erlegen! Beschwurst du nicht mit Hermia so den Bund? Wäg Eid an Eid, so wirst du gar nichts wägen. Den Eid an sie und mich, wie Märchen leicht. Leg in zwei Schalen sie, und keine steigt.«

Ein erhabenes Gefühl durchströmte meine Seele.

Es dauerte lange, bis ich bereit war, seinen Gedanken anzunehmen. Einen Menschen zu präparieren, lag weitab meiner Vorstellungskraft. Schon der Versuch konnte uns herbe Schwierigkeiten bescheren. Das Gesetz war alles andere als auf unserer Seite. Die

Skrupel, die ich davor hatte, wichen dem Ekel, als unser erstes Objekt auf dem Tisch lag.

Es stand in allen Zeitungen der Region. Die Leiche wurde überall gesucht. Dass sie verschwinden konnte, hatten wir einem tölpelhaften Bestatter zu verdanken, der sein Geschäft bei geöffneter Hintertür verrichtete. Die Pietät, die damit gebrochen wurde, beschäftigte mich am meisten. Das war mehr als Unrecht. Ich versuchte, Per umzustimmen.

»Das wird etwas Neues, noch niemals zuvor Dagewesenes«, sagte er immer wieder. Dies impfte er mir gebetsmühlenartig ein. Ich gelangte bald an einen Punkt, der mich glauben ließ, dass ich selbst es tun wollte. Aber das wollte ich nie. »Das wird etwas Neues, noch nie zuvor Dagewesenes!«, und er sollte damit Recht behalten.

Die junge Frau sah noch erstaunlich gut aus. Die Stichwunde in ihrem Rücken vermochte den positiven Gesamteindruck ihres restlichen Körpers nicht zu trüben. Ihr Mörder war geständig, sodass sie alsbald zum Bestatter gelangte – und schließlich in unsere Hände. Wir gingen vor wie immer. Auch wenn die Überwindung, einen menschlichen Körper auszuhöhlen und umzukrempeln, ungleich größer war. Mit den Innereinen hatten wir keine Schwierigkeiten. Sie unterschieden sich nicht wesentlich von dem eines großen Wildtieres. Per hatte bereits einige solcher Geschöpfe präpariert und kannte sich gut aus. Die Frau jedoch wies etwas auf, das wir so nicht bedacht hatten: Sie hatten einen gütigen Blick.

»Wie sollen wir das nur schaffen?«, klagte ich leise, denn alles in mir sträubte sich, die friedvolle Ruhe der Frau zu zerstören. »Ich kann sie nicht ansehen.«

Kurzerhand deckte er ihren Kopf mit einem Tuch ab. Jedoch mussten wir früher oder später auch diesen behandeln. Das Gewebe, das Fleisch und das Fett hatten keine Seele. Doch dann nahm ich das Tuch von ihrem Gesicht. Ihre Augen waren zwar jetzt geschlossen, jedoch sah sie immer noch sanftmütig und friedlich aus. Ein guter Mensch. Ich stand kurz vor dem Zusammenbruch.

Die echte Helena sah mich mit großen Augen an. Ich verstand nicht sofort, weswegen sie da auf der Bühne die Situation mit ihrer Anwesenheit vergiftete. Hatte sie doch einen Kollaps erlitten. Aber dann begriff ich: Das Gift war ich - und die Diva hatte mich injiziert. Ich wurde zu ihrer Marionette. Meine Leichtgläubigkeit, meine kindliche und unreife Naivität, mein unfassbares Glücksgefühl machte mich schwach und angreifbar.

»Stets mehr und mehr wird deine Schalkheit kund. Wie teuflisch fromm, mit Schwur den Schwur erlegen!«, wiederholte Helena, und es ging ein leises Raunen durch das Publikum. Sie hatten es bemerkt.

Natürlich machte mein Fehler die Runde. Wie ein Lauffeuer. Jeder hatte meine Dummheit erkennen können. Leise ging ich rückwärts ab und verschwand. Den Elf Senfsamen würde niemand vermissen. Mein Traum war zerplatzt. Auf ewig.

›Niemals werde ich je wieder eine Bühne betreten‹, so dachte ich.

Ich wollte hinter der Kulisse entlang und mich in Luft auflösen, als mir der Weg versperrt wurde. Mit hochrotem Kopf stand mir Edward gegenüber. Ich prallte gegen seine starke Brust und wollte mich wegdrehen, um zu flüchten. Seine harte Hand riss mich am Arm herum.

»Was hast du dir dabei gedacht«, blies er durch seine erbost aufeinandergepressten Zähne hindurch, »du kleines Stück Dreck?«

Ich hatte keine Antwort. Wie hätte er mir die Wahrheit je glauben können? Alles was mir blieb: Ich wand mich aus seinem Griff und rannte. Wieder rannte ich. Fort. Ich musste fort. In meinem kleinen Zimmer wollte ich nur schnell ein paar wenige Habseligkeiten zusammensuchen und diesen Ort für immer verlassen. Mein neues Leben konnte hier keine Fortsetzung finden. Mein Schicksal in diesem Theater war besiegelt. Hier gab es keine Zukunft.

Der Koffer war schnell gepackt. Ich wollte Erinnerungsstücke an meine Zeit in diesem Haus einfach zurücklassen. Sie sollten mich nicht weiterhin belasten. Alles, was hier passierte, musste ich schnellstmöglich wieder vergessen. Ich dachte einst, hier mein Glück finden zu können, doch es war nur von kurzer Dauer.

»Jacqueline«, als ich meinen Kopf drehte, um die Stimme hinter mir auszumachen, flog mir die flache Hand bereits entgegen. Seinen Schlag habe ich kaum kommen sehen. »Glaubst du, du kommst einfach so davon?«

Edwards Augen brannten lichterloh. Die Lava quoll hervor. Ich wusste, dass dieser Konflikt nun ein Kapitel eröffnen würde, das mich weit, weit zurück in meine Vergangenheit katapultieren würde. Ich musste mich ein weiteres Mal zur Wehr setzen. Dabei hatte ich das doch niemals wieder tun wollen.

»Eigentlich habe ich insgeheim gehofft, dass du versagst«, gab er zornig zu und biss sich auf seine

Backenzähne. Seine Stimme war gedämpft, als wollte er nicht, dass jemand von seiner Anwesenheit in diesem Raum erfährt. In seiner Hand hielt der Mann einen kleinen Gummiknüppel. Es sah aus, als hätte dieser schon einiges durchlebt. Neuwertiges Gummi hat nicht so viele Schrammen. Dieses Schlagwerkzeug hatte schon einige Einsätze hinter sich. »Ich hab lange darüber nachgedacht, ob ich dich in meine Sammlung aufnehme. Zuerst dachte ich, du wärst zu zart. Aber dann erkannte ich etwas in dir und hab mich mal informiert. Du hast schon einiges auf dem Kerbholz, was? Passt zu mir und den anderen Täubchen vor dir.«

Das konnte nicht sein. Sollte er tatsächlich Kenntnisse über meine Vergangenheit haben? Oder bluffte er? Ich schwieg. Ich musste mich konzentrieren. Er würde bald zum Angriff übergehen. Dagegen musste ich gewappnet sein. Seine Sammlung der Gewalttaten zu vervollständigen, war nicht mein Plan.

»Du bist eine kleine Raubkatze. Dieses Ding da in deinem Gesicht trägst du zu Recht. Es macht dich interessanter für Leute wie mich.«

Ich begriff sofort, was er damit meinte. Immer wieder lief ich diesem Typus über den Weg. Schon der Bärtige in seinem weißen Kittel leitete meine Begegnungen mit solchen Menschen ein. Aggressiv mit dem besonderen Hang zur Freude, anderen Menschen Schmerzen zuzufügen. Aber damit konnte ich umgehen. Körperliches Leid gehörte zu meinem Leben wie für andere die Nahungsaufnahme und das Gefühl der Liebe. Edward konnte eigentlich nur verlieren. Er war kräftig und konnte mich verletzten.

Aber war er stark genug, mich zu brechen? Ich musste es bezweifeln, das war meine einzige Chance.

Gekonnt schwang er den Gummiknüppel und schleuderte ihn gegen meinen schützend erhobenen Unterarm. Den Schmerz spürte ich kaum. Die Verletzung unterdrückte ich. Auch als er mich an der Schulter, am Rücken und in der Kniekehle traf, nahm ich es hin, wie einen geselligen Klaps eines Freundes auf den Hintern. Die Realität sah bei Weitem anders aus. Ich blutete. Schwere Prellungen und Blutergüsse zeigten sich nach wenigen Sekunden bereits. Edward hatte seine Freude dabei. Er strahlte, als ich durchhielt und immer wieder auf die Beine kam, um mich ihm zu stellen. Speichel lief ihm den Mundwinkel hinunter. Er keuchte. Er hatte nichts mehr von der Vaterfigur, die ich ursprünglich in den ersten Tagen im Theater in ihm sehen wollte.

Ich begriff, was die Diva meinte, als sie sagte: »Wir kriegen dich!« Sie kannte Edward besser.

Der Kampf entfachte in ihm sichtlich ein Freudenfeuer, das seiner Glut weitere Nahrung verlieh. Ich griff angeschlagen und mit zittrigen Händen nach einem Küchenmesser, das er mir sogleich mit einem gezielten Schlag auf mein Handgelenk entriss. Meinen Aufschrei unterdrückte ich. »Netter Versuch, Jackie.«

Jackie. Er war der zweite Mensch, der mich so nannte. Ich erinnerte mich für einen Herzschlag an Per. Ich erinnerte mich an die Zeit mit ihm. Die Gedanken an die Zeit als ich stärker war, entfachten in mir neue Kräfte. Ich stürzte mich auf Edward Hamilton. Meine Verteidigung konnte nur der Angriff sein. Wie eine Furie sprang ich ihm in großen

Sätzen entgegen. Seinen Hieb gegen meine Brust gab es für mich gar nicht. Ich konnte den Theaterchef zu Fall bringen und prallte auf seinen Körper. Rollte mich geistesgegenwärtig zur Seite. Er durfte mich nicht zu fassen bekommen. Sofort kam ich wieder auf die Beine, um in der nächsten Sekunde wieder auf ihn zuzurennen.

Mit einem dumpfen Schlag auf dem Hinterkopf wurde Edward niedergestreckt. Atemlos schwamm ich in Adrenalin. Was ich sah, raubte mir fast die wenige Luft, die noch durch meine Lunge strömte. Der Theaterleiter lag kampfunfähig am Boden. Ein Schlagstock aus massivem Holz prallte auf seinen Nacken und beförderte ihn in die Besinnungslosigkeit. Die Gestalt, die mir zur Hilfe kam, war mir nicht fremd.

Mitleid kann einen Menschen lähmen. Wenn man bei unserer Arbeit Mitleid gehabt hätte, dann konnte man nicht klar denken. Wie sollte man seine Technik ausüben, diesen Körper präparieren, wenn Mitleid für das Schicksal dieses Geschöpfes das vorherrschende Gefühl war? Ich versuchte, jegliche Empathie beiseite zu schieben. Bei Tieren gelang mir dies problemlos. Per spürte keine Anteilnahme mit der Toten. Ermordet hatte sie ein anderer, wir kannten den Menschen nicht. Weder wussten wir, ob sie tatsächlich ein so gutes Geschöpf war, wie ihr Gesichtausdruck uns annehmen ließ, noch kannten wir ihre Stimme, ihr Wesen, ihr tatsächliches Leid. Per wollte die Frau auf unserem Tisch zu neuem Leben erwecken. Ich war zu keinem Zeitpunkt dafür, ließ mich jedoch mitreißen.

Er wollte ihr einen neuen Platz in unserer Mitte verleihen. Sein Handwerk ausüben.

»So viele Eichhörnchen, Vögel, Wildscheine und Hirsche leben mit uns«, behauptete Per, »werden betrachtet und bewundert, sind unsere Gefährten im Alltag und verrotten nicht in der Erde. Aus welchem Grund sollte diese Ehre nicht auch Menschen zuteil werden?«

Ich folgte unsicher den Wünschen meines Partners. Niemals hätte ich damals an der Busstation geglaubt, mit ihm an einen solchen Punkt des Lebens zu geraten. Niemals vermutete ich in ihm diese innere Stärke, eine solche Arbeit durchzuführen. Wir benötigten mehr Seibokal als je zuvor. Die menschliche Haut ist dünner, als wir es erwartet hatten, und trocknete schnell aus. Um sie weich und geschmeidig zu belassen, verarbeiteten wir das Präparationsmittel literweise.

»Wir schaffen das nicht. Sie sieht schrecklich aus«, wimmerte ich immerfort, aber Per bliebt hart.

Leider behielt ich Recht. Mehr als ein Versuchsobjekt konnte die Frau nicht werden. Perfektion vermochten wir mit ihr nicht zu erlangen. Aber wir kamen unserem Ziel einen Schritt näher, auch wenn unsere Probandin letztlich aussah wie eine unselig vertrocknete Mumie. Mit der entsprechenden Menge Make-up konnte ich sie jedoch wieder einigermaßen ansehnlich machen, das wusste ich damals schon. Jedoch stellte sich schnell ein weiteres Problem ein:

Wir mussten uns von unserem Werk trennen ...

Jagos letztes Aufbäumen

ER RENNT WILD DURCH DEN Raum und versucht, das Glas zu zerschlagen. Jago sucht einen Ausweg aus seinem Gefängnis. Die durchsichtigen Wände seiner Zelle erscheinen ihm zerbrechlich. Doch seine Kraft reicht nicht aus. Selbst wenn er als der Mensch, der er war, bevor er Jago wurde, seine Kräfte gesammelt hätte, wäre das Material standhaft geblieben.

Nur unverständliche Laute gibt der Mann von sich. Seine Wunden in den Wangen und sein vermindertes Sprachvermögen lassen nicht mehr zu als Geräusche, die an ein aufgebrachtes Tier erinnern. Mit den Fäusten schlägt er immer wieder auf das Glas ein. Verzweiflung schwächt die Kraft seiner Hiebe schnell ab, und die Haut platzt an den Knöcheln auf. Sein Blut verteilt sich in hässlichen Schlieren auf der glatten Oberfläche. Er bemerkt in seiner Raserei nicht, dass hinter ihm der Puppenbauer mit seiner Herrin erscheint.

»Die Bosheit wird durch Tat erst ganz gestaltet.«

Als er ihre Stimme vernimmt, erstarrt Jago augenblicklich. Er wendet sich um, sieht seinen Peinigern in die Augen. Die Angst macht ihn bewegungsunfähig. Nach einem Handzeichen von Jackie geht Jago zurück zu seinem Stuhl und setzt sich. Er gehorcht. Die Wut, die noch vor Sekunden aus ihm herausgesprudelt ist, verwandelt sich in Ehrfurcht. Verwandelt sich in Demut vor dem Unvermeidbaren.

»Wenn jedem Sturm so heitre Stille folgt, dann blast Orkane, bis den Tod ihr weckt!« Jackies Worte begreift Jago kaum, seine Sinne sind getrübt, doch er fügt sich den Bewegungen des Puppenbauers, der ihn an dem Stuhl in der Mitte des Raumes fixiert. Er bindet Jago einen Arm auf den Rücken. Und greift nach der freien Hand.

»Beweis mir ja, Lump, dass mein Liebstes hurt! Beweis mir's ja. Schaff mir den Augenschein. Denn sonst, bei meinem ewgen Seelenheil, wär's für dich besser, wärst du als Hund geboren, als meinen Zorn zu stehn, den du dir weckst.« Wie könnte Jago begreifen, was Jackie ihm sagen will? Er nimmt hin, was passieren muss und weiß instinktiv, dass er den Fehler in seiner Verbitterung und Hoffnungslosigkeit nicht hätte begehen dürfen. Der Zorn gegen seine Gefangenschaft muss bestraft werden. Der Zange in den Händen des Puppenbauers misst Jago erst dann Bedeutung bei, als diese den Nagel seines Zeigefingers fest umschließt.

»Bemühe dich wieder um meine Gunst, Jago!«

Er begreift Jackies Befehl und hält die Hand still. Als der Puppenbauer den Zug der Zange auf den Fingernagel erhöht, spürt er das Beben in dem Körper seines Opfers. Der Nagel gleitet aus seinem Bett. Das Blut schießt in die Fingerspitze. Tropfen bilden sich und fallen zu Boden. Ohne einen Ruck auszuüben, fast im Zeitlupentempo trennt der Puppenbauer den Nagel von dem Finger ab, in dem er die Zange von der Hand in einer gleichförmigen Bewegung kraftvoll entfernt. In den Augen Jagos erkennt man sein Leid, doch er gibt kaum ein Geräusch von sich. Er will Jackie, seine Herrin, nicht verärgern und keine weiteren Praktiken des Puppenbauers über sich ergehen lassen müssen.

»Ich staune grad so sehr, wie ich mich freue«, spricht Jackie und lacht begeistert. Sie tanzt geradezu um den hölzernen Stuhl herum und lacht. »Der Wind schreit überm Land schon laut. Kein Sturm hat je die Festung so erschüttert.«

Der Puppenbauer lässt schließlich von Jago ab. Er hat sich bewährt. Das Opfer macht seine Sache wieder gut. Neun weitere Bestrafungen an den Händen und zehn an den Füßen behält sich der Puppenbauer vor, wenn sie nötig sein sollten. Allerdings hat Jago für heute seine Lektion gelernt und nimmt aus Jackies Säckchen eine weitere Prise der täglichen Medizin. Von den Fesseln gelöst, lässt die Herrin Jago ihn in seiner Zelle zurück, wo nun Ruhe eingekehrt ist.

Für den Augenblick ist genug Blut vergossen worden …

Alte Zeiten

DER SCHLAGSTOCK LAG LÄSSIG in seiner Hand. Er wusste damit umzugehen. Es schien nicht das erste Mal gewesen zu sein, dass er ihn benutzen musste. Nicht einen Moment hatte er gezögert, ihn einzusetzen. Seine Gelegenheit kam, und er schlug zu.

»Danke«, keuchte ich, und er nickte stumm.

Ich hatte seine Anwesenheit nicht bemerkt, als ich mit Edwards Angriff noch zu beschäftigt war. Dies war jedoch eines der besonderen Merkmale meines Helfers. Auch wenn er immer da war und seine Arbeit allgegenwärtig, bemerkte man ihn am Theater kaum. Hier mal ein Blickkontakt, dort ein kurzes Wort oder eine Geste. Kein Gespräch. Keine Auffälligkeit. Er stach nie heraus in dem Kollegium. Lieferte einfach seine Kulissen ab. Immer gute Arbeit. Edward war zufrieden mit dem jungen Mann. Der Bühnenbildner wurde als einer der wenigen vergleichsweise gut behandelt. Edward Hamilton schätzte sein Können. Dieser Zustand würde nun durch den Hieb mit dem Schlagstock gegen den Theaterchef im wahrsten Wortsinne mit einem Schlag dahin sein. Für Morales gab es keinen tieferen Grund, gewalttätig gegen seinen Boss zu sein. Er hätte mir auch anders zur Hilfe kommen können. Seine bloße Anwesenheit hätte Edward wahrscheinlich dazu veranlasst, von mir abzulassen.

Ich trat an Edward heran. Einerseits befürchtete ich, dass der Mistkerl sein Leben gelassen hatte. Andererseits wäre ich nicht traurig gewesen. Tot würde er mir jedoch mehr schaden, als nützen. Sein

Brustkorb hob und senkte sich. Edward atmete. Ich beugte mich zu ihm hinunter, um ihn unter der Achsel zu packen. »Morales, lass ihn uns wegschaffen. Das muss ja keiner mitbekommen.«

Plötzliche Dunkelheit folgte. Finsternis war das Nächste, was ich erfuhr. Der dumpfe Aufprall des Schlagstocks traf mich unvorbereitet und hart.

Per und mich verband über viele Jahre eine enge Freundschaft. Wir akzeptierten einander wie wir waren, und ich unterstützte mit Widerwillen sein Handwerk. Er hatte allerdings vor, unsere Arbeit wachsen zu lassen. Eine Entwicklung sollte ersichtlich sein. Wir bewegten uns trotz all des Ehrgeizes auf dünnem Eis. Mit Sicherheit hatten wir die Polizei im Rücken. Vorsicht war das höchste Gebot. Glücklicherweise tat sich bald eine Quelle auf, über die wir zu unseren Leichen kamen.

»Mir sind die Typen vollkommen egal«, behauptete ein Bestatter, den ich immer als eine außergewöhnlich unangenehme Person empfand. Schmieriges Haar mit zuviel Brillantine bis in die schulterlangen Spitzen. Gezupfte Augenbrauen und lange, klumpige Kotletten, die fast die ganzen Wangen überdeckten. Seine hochgestellten Kragen unterstrichen sein für mich lächerliches Erscheinungsbild. Er sah nicht aus wie ein seriöser Bestatter, der die Toten achtete. Allerdings musste er das auch nicht sein, denn seine Aufträge kamen von den städtischen Einrichtungen. Er wollte nie ein achtbarer Bestattungsunternehmer sein und war tatsächlich alles andere als das, … wie sich zu unseren Gunsten herausstellte.

Zu ihm kamen all die Obdachlosen, die durch einen harten Winter, Alterschwäche oder übermäßigen Alkoholkonsum verstorben waren. Fast jede Woche brachten Beamte eine neue Lieferung. Und oft war für Per etwas dabei.

»Die vermisst niemand. Die Särge sind noch nicht mal leer, wenn sie verbrannt werden. Nur der allererste. Wir bringen die präparierten Leichen zurück, und er entsorgt sie im Austausch zu einem neuen Körper. Die perfekte Leiche für uns. Wer da letztlich verbrannt wird, kommt niemals heraus«, hatte Per gesagt, als er mir die Idee schmackhaft machen wollte, nachdem er auf diesen eigenartigen Bestatter getroffen war und dessen Einwilligung bereits hatte. »Der Typ will nur ein bisschen Geld verdienen. Den schnellen Taler nebenbei. Wir müssen nichts weiter tun, als die Körper unbemerkt auszutauschen und können weiterarbeiten, Jackie, ohne Angst, geschnappt zu werden.«

Voller Angst blickte ich Per an.

»So kommen wir niemals in die Verlegenheit, die Menschen selbst töten zu müssen«, bekräftigte er, obwohl mir nicht klar war, wie er mir dies jemals zutrauen konnte. Konnte Per wirklich töten, um sein Hobby weiterführen zu können? Große Zweifel wuchsen in mir.

Es war also entschieden: Der schmierige Bestatter wurde Pers Quelle zu den Leichen.

»Wach auf!«

Benommen flimmerten eigenartige Bilder vor meinen Augen. Ich nahm wahr, dass da jemand vor mir stand, konnte jedoch nicht einordnen, wo ich mich befand. Nach und nach lichtete sich der Nebel. Ich bemühte mich, nicht einzusacken, mich auf den Beinen zu halten, da auf meinen Hals Zug ausgeübt wurde, sobald ich in die Knie gehen wollte. Edward hatte mich härter getroffen, als ich dachte. Die Prellungen schmerzten unter dem Einfluss des Adrenalins kaum. Doch jetzt spürte ich jeden einzelnen Schlag ein weiteres Mal umso mehr.

»Du sollst aufwachen!«

Es dauerte sicherlich Minuten, bis ich vollends bei mir war. Allerdings realisierte ich schneller meine Lage, als mir lieb war. Ich stand mittig in einem abgedunkelten Raum. Nichts Besonderes. Ein Wohnzimmer eines Junggesellen, der Unordnung nach zu urteilen. Die Hände hatte ich auf dem Rücken. Ich war geknebelt. Um den Hals trug ich ein Lederband. Daran hatte man ein Seil befestigt und über mir gespannt. Es führte an eine Wand, in eine Seilwinde. Der Mann stand dort und hielt die Hand auf der Kurbel.

»Morales? Was ist mit dir nicht in Ordnung?«, fragte ich ruhig und ohne eine Spur von Angst in der Stimme.

Er blickte für eine Sekunde erstaunt. Er hatte eine andere Frage erwartet. Ein Flehen. Ein Wimmern.

»Bist du nun wach?«

»Ich wusste gar nicht, dass du so tickst, Morales. Wo hast du das nur her?« Eine Unterhaltung dieser Art hatte der Bühnenbildner offenbar noch nie geführt.

»Halt deinen Mund!«

Ich ahnte, dass er ein Winseln, Zetern und Betteln hören wollte. »Was tust du hier? Ist das deine Werkstatt? Oder wohnst du hier nur? Wird man mich nicht suchen?«

»Du bist für die anderen über alle Berge. Nach deinem Auftritt verständlich. Das ist nicht meine Werkstatt. Hier wohne ich nur. Du hast schöne Füße, weißt du das?«

›Schöne Füße?‹, dachte ich und bemerkte erst jetzt, dass ich mit blanken Sohlen auf dem Boden stand.

»Also hast du eine Werkstatt?«

»Selbstverständlich, ich bin Bühnenbildner.«

»Morales ...«

»Nenn mich nicht Morales!«, rief er plötzlich außer sich. »Du weißt, wie ich heiße.«

Und er hatte recht. Ich kannte diesen Menschen. Ich kannte ihn, hatte aber nicht begriffen, wer da vor mir stand. Die ganze Zeit im Theater hatte ich keinen Verdacht geschöpft. Es musste jemand sein, den ich aus früheren Zeiten kannte.

Dutzende Bilder schossen mir nun durch den Kopf. Personen, denen ich begegnet war, mit denen ich Kontakt hatte. ›Moritz, Per, der Bärtige, Bastian, die jungen Männer, die Justus ermordet hatten, Justus selbst, wieder Moritz. Nein. Er konnte es nicht sein.‹ Ich blickte den Menschen vor mir verwirrt an, versuchte in seinen Augen, etwas Bekanntes zu erkennen. Es sollte mir die Erinnerung wiederbringen. Ich dachte wieder an Per. ›Das konnte nicht sein. Bastian. Einer der jungen Männer aus dem Wald. Ein paar Jungs aus dem Kinderheim. Justus. Er ist tot.‹ Einige Klassenkameraden, mit denen ich jedoch nie Kontakt hatte, kamen mir in den Sinn. Moritz. ›Nein, das kann nicht Moritz sein. Bastian. Aber das ist zu lange her.

Einer von den Mistkerlen aus dem Wald? Nein. Bastian ... Bastian.‹

»Bastian?«, fragte ich erstaunt.

Morales richtete sich stolz auf. Seine Brust schwoll an. Ich hatte ihn offenbar erkannt. Aber wie war es nur möglich, dass ich ausgerechnet auf ihn traf?

»Bastian Morales. Ich wusste nie, wie du mit Nachnamen heißt. Für mich warst du immer nur Bastian.«

»Das ist mir klar. Für dich war ich nur der Junge, der für dich das Heim in Brand gesetzt hat. Ich war dir doch scheißegal.« Morales sagte dies mit einer Missachtung, die mir kalt den Rücken herunterlief.

»Natürlich warst du das.« In diesem Moment drehte Morales die Winde an der Wand um eine Kerbe des Zahnrades weiter. Mir blieb eine Sekunde die Luft weg, da ich zusätzlich ins Straucheln geriet. Das enge Halsband tat seine Wirkung. Ich japste. Sein Grinsen nahm ich erst spät wahr. Es gefiel ihm, mich zu quälen. Mich, die ihn als Kind dazu getrieben hatte, das Heim in Brand zu setzen, woraufhin er ebenfalls hart bestraft wurde. Eigenartigerweise ließen mich seine Handlungen noch kalt. Ich verfiel nicht in Panik. In mir schlummerte das Gefühl, den kleinen Bastian damals schon unter Kontrolle gebracht zu haben, was mir mit dem großen Morales auch noch gelingen könnte. Erst als ich eine Klinge aufblitzen sah, machte ich mir Sorgen.

»Es wird nur einen Moment wehtun«, sagte Morales, als er die Klinge ansetzte.

Die geschliffene Spitze des Messers ritzte mir kleine Wunden in die Haut. Ich wusste, ich war ihm ausgeliefert. Die anfänglichen Gebärden, die meine Gegenwehr darstellen sollten, machten mir schnell klar, dass ich keine Chance hatte. Nicht auf diese Weise. Das Blut rann meine Arme hinunter. Er ließ kaum Gliedmaßen aus. Am Rücken und an den Beinen fügte er mir ebenfalls Verletzungen zu, die jedoch nur für eine Sekunde schmerzten. Mitgenommen hatten mich viel mehr die Blessuren, die zuvor von Edward kamen. Der Knüppel war härter als jede Klinge. Aber ich hielt mich auf den Beinen. Ich musste atmen.

»Halte durch, dann wird es dir besser gehen!«

Ich wusste nicht, was Morales damit sagen wollte. Ich schrie nicht. Mir war klar, dass dies keine Auswirkungen auf eine Rettung oder sein Handeln hätte. Durch Hysterie würde ich mich nicht aus dieser Lage befreien können.

»Bastian«, sagte ich, als er das Messer an meinem Schulterblatt ansetzte, und ich merkte, dass er zögerte, »bitte, schneide etwas tiefer. Nur ein kleines bisschen!«

Seine Antwort blieb aus. Er ritzte mir in die Haut, ohne dass ich eine Veränderung spürte.

»Nein, Bastian. Nein.«

»Was ist? Soll ich dich verschonen? Soll ich aufhören?«

Das sichtbare Glücksgefühl auf seinen Wangen war erschreckend, dennoch durfte ich mich davon nicht beeindrucken lassen. Ich hatte zuviel erlebt, um mich von einem solchen Psychopathen leiten zu lassen.

»Nein, Bastian. Du hast etwas vergessen.«

Er blickte mich an.

»Bastian. Der Bauch. Der Bauch. Da ist noch eine Stelle frei. Noch kein Blut. Am Bauch.«

Wütend riss er mir den Rest meiner Bluse vom Leib und warf den rot getränkten Stofffetzen zornig in die

Ecke. Ihm war es nicht wichtig, dass sich in diesem Zimmer mein Blut verteilte. Sein Handeln hatte etwas Endgültiges. Er hatte einen Plan, der keine Alternativen bereithielt. Bastian Morales war es nicht wichtig, ob jemand davon erfuhr, was er hier tat. Er wollte mich. Ein Danach gab es in seinem Sinne gar nicht mehr.

»Es wird nur einen Moment wehtun«, sagte er abermals, und er folgte meiner Anweisung, mich am Bauch zu verletzten.

»Nein, Bastian«, rief ich, und er sah lächelnd auf.

»Tut es weh?«

»Nicht aufhören! Du findest doch bestimmt noch eine freie Stelle.«

Ich wurde schwach, aber hielt durch. Das Blut, das ich verloren hatte, sammelte sich unter mir am Fußboden. Morales lief, ohne darauf zu achten hindurch. Verteilte große Teile mit seinen schweren Schuhen im Raum.

»Bastian, darf ich auch mal?«

Morales blickte mich kritisch an. Doch ich erkannte eine zarte Flamme seines Interesses. Es flackerte für einen Pulsschlag auf. Es gab etwas in ihm, das wissen wollte, was mein Begehr war, und das nicht an einen Hinterhalt meinerseits glaubte.

»Mach mich los, und gib mir das Messer!«

»Ich bin kein Kind mehr. Du kannst mir nichts mehr befehlen. Ich bin doch nicht verrückt und gebe dir mein Messer.«

»Ich möchte dir nur helfen. Lass mich, dich unterstützen, Bastian. Das gefällt dir doch.« Ich wusste, dass er es mögen würde. Mich unter seine Kontrolle zu bringen, mich dazu zu bringen, dass ich mich auf seine Anweisung hin verletze, konnte schöner nicht für ihn sein. Ich wusste es.

Er dachte nach. Ich sah, wie er mit sich rang.

»Gib mir das Messer!«

Morales blickte mir tief in die Augen. Wollte die Lüge in meinem Gesicht erkennen. Noch konnte er sich nicht vorstellen, dass ich tatsächlich einen seiner Träume der Rache zur Erfüllung bringen könnte.

»Gib mir das Messer, Bastian! Du wirst sehen, alles wird gut.«

Seine Hand zitterte. Seine Augen prüften die Lage. Ich hing noch immer in das Halsband gezwängt an der Decke. Angreifen hätte ich ihn mit dem Messer nicht können. Er würde einen sicheren Abstand einhalten und mit der Kurbel einfach den Zug erhöhen, um mich zu ersticken, wenn ich anfinge, wild um mich zu fuchteln. Ich konnte jeden seiner Gedanken lesen.

»Gib mir das Messer!« Gerade als ich ihn so weit hatte, er mir meine Fesseln löste und mir die Waffe im nächsten Augenblick reichen wollte, fügte ich hinzu. »Schärfe es noch einmal, bitte.«

Zwei Minuten später stand er wieder vor mir. Der Abstand war gerade so groß, dass ich mit ausgestrecktem Arm das Messer erreichen konnte. So hatte ich es in der Hand. Er ging einige Meter zurück, umkreiste mich und positionierte sich an der Seilwinde, wie ich es erwartet hatte. Jeden Moment konnte er die Kurbel drehen.

»Wo?«, fragte ich.

Zaghaft zeigte er auf eine Stelle oberhalb meiner rechten Brust. »Da oben, bitte.«

Es war ein Unterschied, wenn man sich selbst verletzten musste. Der Schmerz setzte früher ein. Ich musste mich überwinden. All der Schmerz von fremder Hand war für mich unkontrollierbar. Er setzte ein, wann immer der Gegner es für richtig hielt. Ein Messer in der Hand, mit der Klinge auf der eigenen Haut, dafür benötigte ich zunächst einmal ein Gefühl. Wie tief sollte ich ritzen? Was war noch ertragbar? Wie tief wollte es Morales haben?

Als ich den ersten Schnitt durchgeführt hatte, war der Schmerz größer, als es bei den Verletzungen von Morales der Fall war. Ich hatte zu tief angesetzt. Aber genau das gefiel dem kleinen Bastian an der Kurbel der Seilwinde. Mein Empfinden war dabei ein vollkommen anderes.

»Könntest du einen Menschen über Tage und Wochen quälen, bis er dir ergeben ist?«, fragte Per Olov Enquist mich unvermittelt in einer sternenklaren Nacht.

Wir saßen auf der kleinen Terrasse seiner Behausung und tranken ein Glas Wein. Es war alles gut. Meine Lehre als Schneiderin und Kostumbildnerin ging voran, und ich brachte ihn allmählich dazu, seinem neu entdeckten Handwerk keine Beachtung mehr zu schenken.

»Kenne ich diesen Menschen?«, wollte ich wissen.

»Du hast ihn nie zuvor gesehen.«

Ich dachte nach und fragte: »Könntest *du* es denn?«

»Nun, interessant wäre es doch, oder? Außerdem könnte es helfen, eine negative Beziehung in ein anderes, neues Stadium zu führen.

»Du meinst eine Umwandlung von Hass in Qualen.« Als ich ihm in die Augen sah, wusste ich, dass er genau dies dachte.

»Ich habe nicht immer nur Tiere präpariert, Jackie. Ich kann das. Erst recht, wenn Rachegelüste im Spiel sind. Sie können einen Menschen verändern.«

Ich lachte verlegen. »Wo bekommen wir also einen Menschen her, den du hasst? An dem du dich rächen willst?«

»Mach nur so weiter, Jackie.« Er nahm einen großen Schluck aus seinem Glas. »Man muss einen Menschen nicht unbedingt mit körperlicher Gewalt allein brechen.«

»Sondern?«

Per musste ziemlich stolz darauf gewesen sein, mir diese Information zutragen zu können. Er grinste breit und sagte: »Salz.«

Was sollte das? Was sollte Salz schon bewirken? Ich konnte seine Gedanken nicht nachvollziehen.

»Nimmt der Mensch zu viel Salz zu sich, erleidet er irreparable Hirnschäden, Jackie. Und das muss gar nicht viel sein. Ein Schnapsglas etwa wäre ausreichend, um Hirnfunktionen außer Kraft zu setzen. Der Körper ist dann noch funktionstüchtig, aber das Hirn spielt verrückt.«

»Du bist irre, Per.« Ich wollte davon nichts hören. Wie konnte man nur auf solche widerwärtigen Ideen kommen? Wie sehr musste man seine Rache ausleben wollen, um so etwas Unfassbares in Erwägung zu ziehen. Grauenvoll.

»Irre werden nur die Kerle, die das Salz einnehmen. Richtig irre, glaub mir.« Per sagte nichts weiter, denn er ahnte, dass jedes weitere Wort nur meine Ablehnung verstärken würde. Der Gedanke, den Per in mir ausgelöst hatte, gefiel mir ganz und gar nicht.

Erst beim dritten Schnitt hatte ich den Dreh raus. Es tat höllisch weh, aber ich bekam Morales einen Schritt näher an sein inneres Verlangen. Er sah mich gerne so. Gerade mich. Ihm ausgeliefert. In seiner Hand. In seiner Gewalt. Er konnte mir Befehle geben. Ich wusste, dass er mit Vorliebe die Gewalt selbst ausübte, doch dies sollte nun ein weiterer Schritt zu seinem inneren Frieden bedeuten.

»Wo?«, fragte ich, und er zeigte auf meine Beine. »Innen oder außen?«

»Innen.«

Ich tat so, als würde mir der Gedanke gefallen. Morales lehnte mittlerweile lässig an der Wand. Der Wahnsinn in seinen Augen ließ ihn blind werden. Er wurde unaufmerksam. Ein gezielter Wurf mit dem geschärften Messer hätte ihm eine tiefe Verletzung zufügen können.

›Doch das bringt mich nicht weiter‹, dachte ich.

Ich setzte das Messer an der Innenseite meines linken Oberschenkels an. Mein Blick hinüber zu Morales zeigte mir, dass er gespannt auf den Moment meines Schmerzes wartete. Er genoss die Sekunden, in denen ich meine Qualen hinauszögerte. Mit einem kurzen Schnitt ritze ich mir in das Bein und ertrug es mit verzerrtem Gesicht. Er strahlte und lehnte sich gedanklich ein kleines Stück weiter zurück.

›Jetzt‹, dachte ich und musste tun, was schon seit fast einer Stunde mein Plan war.

Mit schnellen Bewegungen setzte ich das Messer an dem Seil über mir an und begann, hastig zu schneiden. Überrascht von meinem Aktionismus reagierte Morales mit aufgerissenen Augen nach zweisekündiger Verzögerung. Er griff sogleich an die Kurbel der Seilwinde und drehte fieberhaft. Ich merkte deutlich den Zug und spannte mit aller Kraft meine Halsmuskulatur an. Doch meine Kraft reichte nicht aus. Der Druck auf meinen Kehlkopf wurde stärker, als ich es erwartet hatte. Ich hing zum Tode verurteilt in der Luft und wollte nicht aufhören, das Seil über mir mit der Klinge zu bearbeiten. Leider erwies sich der Widerstand des Materials größer, als ich in diesem Moment glaubte, aushalten zu können. Es dauerte zu lange. Ich hatte kaum noch Luft zur Verfügung. Meine Lunge pumpte, doch bekam kaum Nachschub. Ich röchelte und schnitt um mein Leben. Ich musste kämpfen.

»Du Biest«, schrie Morales und stürmte mit der Kurbel der Seilwinde in der Hand auf mich zu.

Das Metall krachte mir in den Rücken. Ich hielt für einen Wimpernschlag inne, sammelte mich, aber musste rasch weitermachen. Über mir setzte ich das Messer wieder an. Die weiteren Schläge meines Gegners spürte ich kaum. Ich musste schneiden, darin lag mein Fokus. Musste alles andere ausblenden. Sonst würde mein Leben an dieser Stelle ein jähes Ende finden. Als mir das bewusst wurde, mobilisierte ich jene Kraft, die ich zum Überleben benötigte … und schnitt.

Den Sturz aus geringer Höhe konnten meine geschwächten Beine schon nicht mehr auffangen. Ich lag in meinem Blut, das sich in einer riesigen Lache unter mir erstreckte. Es sah sicher nach mehr aus, als es war, aber es reichte aus, um ein fürchterliches Bild abzugeben. Bastian Morales stand kurz vor mir, nachdem es mir gelang, sein Idealbild einer sadistischen Tat zu zerstören. Ich bin seiner Falle entkommen, dies lähmte ihn für einige Augenblicke. Die Enttäuschung konnte er nicht verbergen. Hierdurch konnte ich wieder Luft in meine Lungen strömen lassen. Es war noch nicht vorbei. Ich musste zu Kräften kommen und erhob mich. Mit zittrigen Knien, einer mit unzähligen kleinen Wunden übersäten Haut und tiefem Zorn in den Augen baute ich mich vor ihm auf. Über und über mit Blut beschmiert. Er hatte eine Metallkurbel, war unverletzt. Ich hatte ein Messer und stand kurz vor dem Ende meiner Lebenskräfte. Ich glaubte nicht an ausreichende Reserven in meinem geschundenen Leib. Einen Kampf gegen den ausgewachsenen Mann hätte ich mit Sicherheit verloren. »Bastian, ... lass uns aufhören. Du kannst nur ... verlieren.«

Er wollte meine Worte nicht hören. Sein nächster Einfall sollte ihm zum Verhängnis werden. Bastian Morales wollte mich in meiner Seele treffen. Seine Zielsetzung war, mich nach den körperlichen Verletzungen nun moralisch zu stürzen.

Mit fester Stimme begann er einen Singsang, den ich nur zu gut kannte: »Feuerbalg! Feuerbalg! Brennen sollst du, Feuerbalg!«

Die Erinnerungen, die es in mir auslöste, schnitten sich tief in mein Fleisch. Tiefer als jede Klinge. Es tat verflucht weh. Ich sah die Kinder vor mir. Ich sah, wie sie mich verfolgten. Ich sah mich auf dem Rückzug. Mein ganzes Leben war eine einzige Flucht. Ich wollte nicht mehr davonlaufen. Hier in diesem Theater wollte ich meine Bestimmung finden. Hier wollte ich bleiben und meinem Leben einen Sinn geben. Nichts hatte ich bisher geschafft. Das Leben hatte mich nicht gern.

»Feuerbalg! Feuerbalg! Brennen sollst du, Feuerbalg!«

Ich sah in diese Augen. Der Mann verwandelte sich in den kleinen Bastian. Keine Angst hatte ich vor ihm. Das Metall in seiner Hand wurde für mich bedeutungslos. Das Messer in meiner Hand sollte keine Waffe sein, die ich nötig hatte. Als die Klinge auf dem Boden in meinem Blut landete, weil ich sie nicht brauchte, begriff er, dass er keine Chance hatte. Meine Waffe war keine geschärfte Klinge. Ich selbst war es, die ihm überlegen war.

»Komm doch mal mit«, sagte Per eines Tages zu mir.

Mich würde nichts Gutes erwarten. Das wusste ich. Sein Gesichtsausdruck hatte etwas unerwartet Düsteres. Die Stimmung, in der er sich befand, ließ seine Augen in aufkeimendem Wahn funkeln. Er geleitete mich durch die kaum beleuchteten und feuchten Katakomben. Ein schimmeliger Geruch lag in der Luft. Kein Mensch würde freiwillig längere Zeit hier unten verbringen wollen.

»Wohin gehen wir?«, wollte ich wissen, erhielt jedoch keine Antwort. Er winkte mich nur stumm hinter sich her. Ich folgte ihm. Aus Neugier? Aus Angst?

Das Kellergewölbe war lang. Ich sah mich angestrengt und überrascht um, denn dies hatte ich unter Pers unscheinbarem Haus nicht erwartet. Er öffnete die letzte Tür dieses dunklen Verlieses und blickte mir für einen kurzen Moment prüfend in die Augen.

Seine Stimme krächzte geradezu: »Du magst doch Puppen.«

Was wollte er mir damit sagen? Die gesamte Situation und ihre möglichen Konsequenzen für mich waren mir völlig unklar. Im nächsten Augenblick sah ich jedoch, was der Grund für Pers eigenartiges Verhalten war.

Ich blutete noch immer. Es verging noch zu wenig Zeit, als dass die Wunden gerinnen konnten. Das Messer lag neben mir auf dem Boden. Meine Augen fixierten den Mann mir gegenüber. Diesen Mann, der durch mich als Kind in eine Anstalt geriet und durch seinen Hass zur Gewalt kam. Zu der Gewalt, die er an mir ausüben wollte. Ich brannte innerlich, auch wenn mein Körper nicht mehr länger standhalten konnte. »Lass uns aufhören, Bastian. Du kannst nur verlieren.«

Ich streckte meine Hand aus und blickte ihn geradewegs an. Meine Kraft schwand, meine Beine waren kurz davor zusammenzusacken. Die Zeit wurde knapp. Ich musste die Kurbel bekommen, dann würde es bald zu Ende sein.

Ich sah, dass seine Lider zitterten, seine Lippen vibrierten. Morales hatte Angst. Er hatte mich aufgehängt, verletzt, er sah, wie ich mir selbst Verletzungen zufügte, und er musste ertragen, dass ich mich befreite, obwohl er auf mich einschlug. Seine Schwäche war allgegenwärtig. Seine Unterlegenheit war greifbar. Was hätte er noch tun könne, um mich zu brechen? Er hatte keine Möglichkeiten mehr.

»Du kannst nur verlieren.« Ich musste nicht mehr sagen. Er ging wie ein kleiner Junge in kurzen abgehackten Schritten, den Blick nach unten gewandt, auf mich zu und legte mir seine Kurbel in die Hand. »Gut so, Bastian.«

Einen Herzschlag später ließ ich meiner Rache freien Lauf. Die Selbstbeherrschung hatte ihr Ende gefunden. Ich schlug mit allem, was mir blieb, auf ihn ein. Wie eine Furie fiel ich über ihn her und rief meine allerletzten Kräfte auf, um meiner Wut Ausdruck zu verleihen. Er sollte spüren, was er mir niemals antun konnte. Wir brachen beide zusammen. Benommen lag er unter mir. Und plötzlich bekam ich furchtbare Angst. Ich musste weg, bevor er wieder zur Besinnung kam. In meinem Zustand hatte er es leicht, mich aus dem Weg zu schaffen, mir doch noch zu zeigen, dass er stärker sein konnte. Ich schleppte mich hinaus. Hinaus aus dem Raum. Hinaus aus dem Gebäude. Weg vom Theater.

Hinaus in den Wald, wo ich vollkommen alleine war und nur das Licht des Mondes auf mich herabschien …

Puppentreffen

DIE TÜR ZUM THEATERSAAL öffnet sich, und Edward steht in einem schwarzen Frack an der Schwelle. Er bittet höflich darum, dass Jago eintreten möge und ruft aus: »Gestatten, werte Gesellschaft, wir sind vereint. Jago hat sich entschieden, uns mit seiner Anwesenheit zu beehren.«

Mit abgehackten Schritten, den Kopf seitlich geneigt und bleich geschminkt, tritt der gebrochene Mann seinen Weg zu den anderen an. Er kommt am Rande der Gruppe an, aber niemand sagt ein Wort. Sie sind nicht fähig zu reden. Menschen mit weißer Haut, blutunterlaufenen Augen, Narben und regungslosen Gliedmaßen stehen mit leerem Blick in der Runde. Nur ihre Herrin und der Puppenbauer haben eine erhöhte Position auf der Bühne eingenommen. Edward weicht nicht von der Türe.

»Wo Worte selten sind, haben sie Gewicht«, spricht Jackie und lächelt zufrieden, denn nun hat sie ihre Untergebenen vor sich vereint.

Jeder einzelne gehorcht ihr, wie eine Marionette ihrem Spielmann folgt. Jede Bewegung, jedes Wort wird befolgt. Ruby, Scarlett, die Diva, Jago und die anderen bilden eine Einheit. Jeder bekommt seine Aufgabe zugeteilt. Edward wird mit der Arbeit an der Tür herabgewürdigt. Er soll seine Fähigkeit zu reden nutzen, darf nicht von der Tür weichen.

»Ich sage wenig, denke desto mehr«, führt Jackie ihre Rede weiter, »aber liebe Freunde, ein edler Geist kennt keine Furcht.«

»Ihr werdet euren edlen Einsatz erhalten«, übernimmt der Puppenbauer, »jedes einzelne meiner Werke wird seine Aufgabe empfangen.«

Es soll ein großes Fest werden, den Höhepunkt Jackies erschaffen. Sie werden darüber reden, ihr Achtung schenken müssen. Niemand wird mehr zweifeln. Jeder soll sie ehren.

»Das Böse werden sie erkennen«, behauptet der Puppenbauer kritisch, doch Jackie wendet ein: »An sich ist nichts einzig gut oder böse, das Denken macht es erst dazu.« Auch der Puppenbauer hat sich zu fügen, wenn Jackie spricht. »Der Narr hält sich für weise, aber der Weise weiß, dass er ein Narr ist«, maßregelt sie ihren treuesten Gefolgsmann.

Jeder aus der Meute kennt seine Aufgabe instinktiv. Sie bringen aus ihrem alten Leben ihre Erfahrungen mit. Jackie teilt jeden genau ein. »Was ihr nicht tut mit Lust, gedeiht euch nicht.«

»Werte Gesellschaft«, ruft Edward von der Türe, ohne tatsächlich zur Gruppe gehören zu dürfen, »ich wünschte, ein solcher Feiertag stünde jeden Tag ins Haus.«

»Wäre jeder Tag ein Feiertag, sich vergnügen wäre so ermüdend wie arbeiten«, entgegnet Jackie und wirft Edward zornige Blicke zu. Sie duldet sein Einmischen nicht. Sie allein ist die Herrin. Er begreift.

»So, meine Freunde, bringt mir das Volk, sodass es erblicke, was ich zu bieten habe, aber denket dran: Der Fuchs bellt nicht, wann er das Lamm will stehlen.«

Sämtliches Gefolge Jackies verlässt den Saal, um die Arbeit zu verrichten. Sie schlurfen, hinken. Der Gang jedes einzelnen ist sonderbar. Man sucht vergebens nach Leben in den Gesichtern. Ihr Lächeln ist künstlich.

Bald wird es in diesem Festsaal voller werden denn je. Das Publikum wird sich einfinden.

Als Jackie an Edward vorbei hinausgeht, zischt sie ihm zu: »Du hättest nicht alt werden sollen, eh du klug geworden bist.«

Veränderungen

ICH KAM VERÄNDERT WIEDER. In meinem Unterschlupf im Wald hatte ich mich körperlich regenerieren können und meinen Geist sortiert. Ich fand zu der Person, die ich sein musste. Ich wollte niemals wieder Jacqueline sein. Jackie war immer in mir, niemand anders. Kein Mensch wird mir mehr Leid zufügen können. Ich bin stärker, als ihr denkt.

Die Augen Bastian Morales' glaubten nicht, was sie sahen, als ich die Tür zu seiner Wohnung aufstieß. Er schaute in mein Antlitz, als würde er einen Geist betrachten. Er erkannte mich sofort, doch sah er eine andere Frau. Eine andere als die, die zuvor an diesem Theater gearbeitet hatte. Diese Frau wollte sich noch in das Gefüge des Hauses, des Kollegiums einfügen. Doch nun hatte sich alles verändert. Die Karten wurden neu gemischt. Morales begriff, was er nun zu tun hatte, und beugte sich meinen Forderungen auf der Stelle. Seine Untertänigkeit war seine Rettung.

»Glaubtest du, ich würde verschwinden?«, fragte ich Morales, der kaum antworten konnte, nur leicht den Kopf schüttelte. »Ehre ist der Inhalt meiner Rede. Lass sie uns erlangen.«

Edward sollte unser erster Versuch werden, einen Menschen unserer Unterwerfung zu unterziehen. Hier in diesem Theater. Er hatte es verdammt noch mal verdient. Nachdem er in meinem alten Zimmer aufgewacht war, stahl er sich verletzt davon und tat so, als wäre nie etwas passiert. Ich war verschwunden, das war sein Glück. Von Morales' Anwesenheit hatte er keine Kenntnis. Der Schlag kam hinterrücks, plötzlich und effektiv. Edward fiel umgehend in seinen Schlaf und wachte erst auf, als Bastian mich längst davongetragen hatte. Nun aber war Edward Hamilton an der Reihe. Wir suchten ihn nachts auf.

»Du kennst mich«, flüsterte ich ihm ins Ohr, als er inmitten seiner ausgestopften Kreaturen in seinem Schlafzimmer entspannt auf dem Bett lag.

»Wer ... bist du?«, versuchte er zu brüllen, doch Bastian nahm ihn sogleich in die Mangel. Er schlug ihm mit seinem Knüppel auf die Füße. Weglaufen konnte Edward zunächst nicht.

»Wenn du schreist, wirst du es bereuen, Edward«, zischte mein Begleiter und hielt drohend seine Waffe vor die Augen Edwards.

»Darf ich vorstellen?«, sagte ich leise und amüsiert. »Dies ist der Puppenbauer. Und ich bin Jackie.«

»Jackie?«, keuchte Edward mit verzerrter Stimme, »was machst du ...«, doch ich legte meinen Finger sanft auf seine Lippen. Er sprach dennoch weiter: »Jacqueline? Verdammt, wie siehst du aus?«

»Ich bin Jackie. Du nanntest mich selbst so«, erwiderte ich. »Und ich sehe aus, wie du mich haben wolltest, oder?«

Die ersten Menschen, die ich in mein neues Domizil führte, waren Edward und der Puppenbauer. Mit einem Knebel im Mund wurde der Theaterchef von meinem Untergebenen in eine der Glaszellen geführt, geschleift, gezerrt. Edward hatte noch den Mut, sich zu wehren.

»Das treiben wir dir noch aus«, brüllte der Puppenbauer, als er ihn auf den hölzernen Stuhl in der Mitte des Raumes wuchtete. Damit unterstrich er meinen Plan.

Der Knebel wurde entfernt, und Edward hatte nichts Besseres zu tun, als loszuplappern. »Was soll das? Was erlaubt ihr euch? Seid ihr wahnsinnig geworden? Warum nennst du dich den Puppenbauer, Morales?«

»Ist eine Rose denn weniger lieblich, wenn sie nicht mehr Rose genannt wird?«, entgegnete ich.

»Was ist nur aus euch geworden? Und warum redest du so eigenartig, Jacqueline?«

Der Puppenbauer ließ seinen Knüppel kraftvoll auf Edwards Oberschenkel niedergehen, und ich berichtigte ihn. »Jackie. Jackie ist mein Name.« Der Puppenbauer ahnte stets, was mein Begehr war. War mein verlängerter Arm. Meine Faust. Ich hatte ihm gezeigt, dass ich ihm überlegen war. Seinen Hass, den er mir gegenüber empfand, projizierte er nun auf meine Opfer. Er unterlag meiner Kontrolle. »Die Sprache des Theaters ist's, die mir behagt, Edward.«

Seine Flüche und sein Widersetzen sollten sich bald in ein Wimmern und Flehen wandeln. Diese Aufgabe hatte der Puppenbauer zu erfüllen.

»Den wilden Gram macht die Gewohnheit zahm.«

Ich genoss den Anblick und die Arbeit meines Puppenbauers. Mit jedem Schlag, mit jeder Idee, die er entwickelte, um den schlechten Menschen Edward dem Ende näherzubringen, sprang mein Herz vor Freude in die Höhe. All die Taten, Gesten und Erniedrigungen sollte er zurückbekommen. Gleichgültig, wem er sie jemals angetan hatte. Edward wurde täglich zahmer, fügte sich seinem Schicksal und erkannte, wer seine Herrin war.

»Man sagt, alte Leute werden wieder Kinder.«

Edward verstand und wollte wie ein Kind meinem Wort folgen. Doch seinen Verstand hat er niemals verloren. Das Salz sollte seinen Einsatz bei ihm noch nicht finden.

»Wer ist das?«, fragte ich Per entsetzt und wagte es kaum, meine Stimme zu erheben. Es durfte uns niemand hören. Jedoch hätte uns hier unten im äußersten Winkel des tiefen Kellers ohnehin niemand jemals hören können.

»Ein schlechter Mensch«, antwortete Per trocken. »Er hat es verdient.«

»Was?«, wollte ich wissen und sah auf dieses Häufchen Elend, das in einem alten Sessel kauerte. Es roch übel in diesem Raum. Der Mensch musste Höllenqualen durchlitten haben. »Was hat er verdient? Was hast du getan?«

»Darf ich dir vorstellen: Kleiner Victor. Kleiner Victor, das ist Jackie.« Er stellte uns vor, als wären wir beide alte Freunde von Per. Jedoch reagierte das Geschöpf kaum, sah unmerklich auf, ohne seinen Kopf zu rühren.

Ich wollte ihm zu Hilfe eilen, doch Per hielt mich mit einer Handbewegung zurück. »Fass ihn nicht an! Er gehört mir!«

»Er ... gehört ... dir?« Ich konnte nicht glauben, was er da sagte. Hatte ich mich so sehr in meinem Bekannten geirrt? War er tatsächlich ein Psychopath, der Menschen quälte? Was lief hier ab? Was war in diesem Verlies zuvor geschehen?

»Unser kleiner Victor hat einiges auf dem Kerbholz«, erklärte Per, ohne dass ich ihn danach hatte fragen können. »Er kennt mich gut. Weiß genau, wie ich früher einmal gelebt habe ...«

Ich verstand kein Wort. Stand stumm in der Ecke. Es schauderte mir bei dem Anblick meines Freundes und seines Opfers.

»Er kennt meine Frau, mein Kind. Kleiner Victor hat sie mir genommen.«

Langsam begriff ich. Per erwähnte ein einziges Mal die Tragödie um seine Familie, die aus dem Leben gerissen worden war. Ein Autounfall mit Fahrerflucht. Der Führer des Fahrzeugs wurde gefasst, kam jedoch nach lächerlich kurzer Zeit wieder frei. Per konnte ihm niemals verzeihen. Seine Familie war zerstört worden. Durch Victor.

»Er ist es?«, fragte ich kühl. In mir wandelten sich die Emotionen. Diese Kreatur in dem Sessel war kein unschuldiges Opfer.

Per nickte, ohne seinen Blick von Victor abzuwenden.

»Wie machst du das? Kann ich dir dabei helfen?« Ich sah diesen zusammengekauerten Kerl plötzlich mit völlig anderen Augen. Er hat Pers Familie vernichtet, großes Leid über meinen Freund gebracht. Ich konnte nun verstehen, wie Per gefühlt haben musste. Wie sehr es ihn nach Rache dürstete. Die Erinnerungen aus meiner Kindheit und Jugend kamen in mir hoch.

»Es ist ganz einfach Jackie. So wahnsinnig einfach. Du nimmst eine Prise Salz ... und dann noch eine. Und nach einigen weiteren Prisen, die nicht aufhören, in seinen Mund zu rieseln, wird er zu einem neuen Menschen. Er wird niemals wieder eine Familie zerstören. Nicht meine. Und nicht die eines anderen. Nie wieder.«

»Wer ist deine Herrin?«, fragte der Puppenbauer, während Edwards Kopf auf seine Brust hing.

Das unverständliche Wispern machte meinen Gefolgsmann wütend. Er legte sich Edwards Daumen bereits zurecht, spreizte ihn von der Hand ab. Der Puppenbauer brannte darauf, seinen Einsatz zu bekommen. Die Hand lag auf einem Brett, konnte von Edward nicht bewegt werden. Der Unterarm lief durch das ihn fest umgebende Seil bereits blau an. Die Fessel umschlang sowohl den Arm als auch den restlichen Körper des ehemaligen Theaterchefs. Sein Erscheinungsbild hatte nichts mehr mit dem Edward Hamilton zu tun, der mit harter Hand sein Haus, sein Regiment führte.

»Wer deine Herrin ist, habe ich gefragt?«

Edward konnte nicht antworten. Sein Geist hatte sich zu weit von seiner Zunge entfernt. Er vegetierte vor sich hin. Sterben durfte er nicht. Dennoch zögerte der Puppenbauer nicht, als die Reaktion des Theaterchefs ausblieb. Die Bestrafung Edwards musste erfolgen.

»Jackie!«, schrie Edward im selben Augenblick.

Er hatte also registriert, was der Puppenbauer von ihm wollte. Die Antwort kam nur leider eine Sekunde zu spät.

»Ein paar Nähte«, bemerkte der Puppenbauer ernst, »und er sieht aus wie nie berührt.«

»Elend liebt es, über sich zu spotten.« Der Puppenbauer wusste, dass mir seine Arbeit gefiel. Er hatte erreicht, was ich wollte. Edward wurde zu meiner

Marionette. Eine perfekte Puppe, um das Theater zu repräsentieren. Mein Salz hätte seinen Geist zerstört. Doch brauchte ich seine Fähigkeiten. Als Theaterchef sollte er an der Pforte gut aufgehoben sein. Türsteher, Einlasser, Theaterleitung – was ist da schon der Unterschied? In meinen Augen seiner Person würdig genug.

Am Abend vor Allerheiligen entdeckte ich die perfekte Maskierung. Mein Feuermal überdeckte ich mit lodernden schwarzen Flammen und bleichte meine restliche, sichtbare Haut. Per geleitete mich durch die Nacht. Wir beschlossen, Victor in seinem Verlies zu belassen, bis wir Pers Rache vollendet hatten. Meinen Freund zu verraten, hätte ich niemals übers Herz gebracht.

Es passierte, als die Halloween-Nacht sich zu einem nebligen Morgen wandelte. Die Sonnenstrahlen durchdrangen kaum den dichten Dunst. So blieb es düster, als ich mich von Per verabschiedete und nach Hause wankte. Ich wusste, dass Victor in seinem Kellergewölbe kauerte, so wie es seine Bestimmung war. ›Das Recht, sich zu rächen, liegt in Pers Hand!‹

Der Schlaf überkam mich rasch. Ich beließ meine Maskierung im Gesicht, weil ich mich damit schon die ganze vergangene Nacht äußerst wohlgefühlt hatte. Zwar suchte mein Traum mich ein weiteres Mal heim, aber aus einem für mich noch nicht ersichtlichen Grund war ich stärker. Ich lag in meinem Gitterbett, und der Bärtige kam auf mich zu. Doch als er mich sah, stockte er. Er stockte vor Furcht, denn er sah mich mit meiner Maskerade und erstarrte. Ich hatte ihn beeindruckt.

Der Morgen machte mir zu schaffen, und erst spät wusch ich mir das Gesicht. Mir war kalt, und heiß war mir ebenfalls. Ein eigenartiges Gefühl schlummerte in meiner Brust, aber ich konnte es nicht einordnen. Woher kam es nur?

»Bitte sprechen Sie nach dem Piep.«

Nur Pers Anrufbeantworter meldete sich. Ich legte auf. ›Er wird noch schlafen.‹ Doch ich musste wissen, was Per tat. Victor war nun auch mein Opfer geworden, ich wollte teilhaben.

Auch auf dem Weg zu Per konnte ich das eigenartige Gefühl in mir nicht ablegen. Etwas musste passiert sein. Ich spürte es. Nichts Gutes. Die Absperrbänder an der Straße schlugen bereits Alarm. Die Behörden hatten sich eingeschaltet. Waren sie wegen Victor gekommen? Oder sollte der Bestatter die undichte Stelle gewesen sein? ›War die Polizei schon seit der ersten Leiche auf unseren Fersen und hatte nun zugeschlagen?‹

»Einige Menschen sollen getötet worden sein«, sagte ein neugieriger Passant, der wie ich in der Reihe der Schaulustigen seinen Platz eingenommen hatte.

»Getötet?« Ich konnte nicht glauben, dass dies tatsächlich geschehen war, ahnte jedoch, was der Hintergrund dieser falschen Information, dieses Gerüchtes sein konnte.

»Ja, sie wurden entstellt und geschändet. Man soll sie präpariert haben. Ist das nicht grauenhaft?«

Ich durfte nicht auffallen. Die Menschen um mich herum tuschelten und entwickelten unglaubliche Legenden über die Tat. Dann war es soweit. Victor wurde mit einer wärmenden Decke um die Schultern nach draußen geführt. Teilnahmslos schritt er neben den Beamten her. Er sah nicht auf. Abgehackte und unregelmäßige Schritte. Er bewegte sich wie ein Untoter auf dem Weg zurück in sein Grab. Victor hatte kaum noch menschliche Züge an sich. Mit Entsetzten nahmen all die anderen Menschen hinter dem Absperrband die Erscheinung dieses Wesens auf. Missgünstig blickte ich auf Victor, der noch einige Zeit in seiner Hölle hatte verharren sollen.

Per war zu diesem Zeitpunkt längst fort. Die Polizei musste ihn in der Halloween-Nacht aufgegriffen haben, als er müde und geschwächt mit seiner Maskierung zuhause auftauchte. Am nächsten Tag las ich die angebliche Wahrheit in der Zeitung. Die Überschrift der Meldung lautete knapp *»SCHLÄCHTER MUMIFIZIERT LEICHE - POLIZEI RETTET NÄCHSTES OPFER«.*

»In der Nacht zu Halloween wurde die grauenvolle Werkstatt eines mutmaßlichen Mörders und Schänders ausgehoben. Die Beamten folgen seit Monaten der Spur, nachdem eine Leiche in einem Bestattungsinstitut gestohlen worden war.«

›Die erste Leiche wurde uns zum Verhängnis‹, dachte ich und las weiter.

»Ein halbes Dutzend Opfer soll vor seiner Festnahme bereits von dem Schlächter getötet und präpariert worden sein. In der besagten Nacht fand die Polizei das mutmaßlich nächste Opfer, das von dem verwirrten Täter in einem entlegenen Kellerraum gefangen gehalten wurde. Den entsetzten Ordnungshütern bot sich ein Bild des Schreckens. Der schwer misshandelte Mann soll anhaltende psychische Schäden während seiner Gefangenschaft davongetragen haben. Eine Verbindung zwischen dem Täter und seinen Opfern ist noch nicht bekannt. Der mutmaßliche Schlächter tötete offensichtlich wahllos.«

›Sie wissen von mir noch nichts‹, dachte ich, ›und von dem Bestatter ebenfalls nicht … sonst wäre ich auch schon gefasst.‹

Per wurde in eine Anstalt gesperrt. Ihm wurde Leichenschändung in sieben Fällen nachgewiesen. Victors Entführung und seine körperliche Misshandlung fielen bei der Urteilsverkündung zudem beträchtlich ins Gewicht. Ich sah Per nie wieder.

Er hat meine Mittäterschaft niemals verraten …

MacDeath

»HEREINSPAZIERT, kommen Sie herein!«, ruft Edward fröhlich aus und macht dazu eine einladende Handbewegung. »Heute sehen Sie, meine Damen und Herren, in einer ganz besonderen Aufführung ›William Shakespeare's Macbeth‹. Kommen Sie herein, und nehmen Sie Platz.«

Das Publikum ist zunächst irritiert vom Auftreten des ehemaligen Theaterchefs, doch dann belustigt. Es scheint, als wäre diese Art eine besondere Masche, und die Gäste sollen auf die moderne Fassung des Stückes eingestimmt werden. In Scharen sind sie vor dem Theater vorgefahren und treten nun ein. Es scheint, als wäre die halbe Stadt auf den Beinen. Edward begrüßt die Massen, wie es ein Portier tun würde. Es hat nichts mehr von dem stolzen Leiter des Theaters an sich. Er ordnet sich unter, so wie Jackie es von ihm verlangt.

Hinter der Bühne nehmen Jackie und ihre Gefolgschaft allmählich ihre Plätze ein. Sie ist nicht nervös und ihre Meute ist nicht mehr fähig, ein solches Gefühl zu entwickeln. Jackie kennt ihren Text und hat sich gut auf diesen Abend vorbereitet. Äußerst gut. Wie gewohnt hat sie ihre Maske aufgetragen und das Feuermal mit den schwarzen Flammen überdeckt. Die Haut ist bleich. Die Zöpfe sind gerichtet, das Kleid sitzt. Auch alle anderen ihres zweifelhaften Ensembles zeigen sich wie gewohnt. Nach der Meinung der ehemaligen Kostümbildnerin soll es eine äußerst zeitgemäße Fassung des Klassikers werden. Macbeth ist eines ihrer Lieblingsstücke, das sie mit viel Herzblut durchdacht hat.

Scarlett versucht, ihr Kettengerassel möglichst zu unterdrücken, aber Ruby mag ihren kleinen weißen Teddy nicht ablegen. Jackie lässt sie als ihre Lieblingspuppe gewähren. Die winzige Statistenrolle der Diva bleibt deutlich unter ihrem bisherigen Status, und Jago trottet an seine altbewährte Arbeitsstätte. Niemand sieht der Diva ihr Leid an. Sie tut, wie ihr befohlen wird. Eine derartige Rolle hätte sie vor wenigen Tagen nicht erfüllen wollen. Heute nahm die Diva die berufliche Erniedrigung hin, ohne ein Anzeichen von Widerwillen.

»Mein Damen und Herren«, spricht Edward bühnengerecht und hervorstechend, sodass jeder im Saal ihm seine Aufmerksamkeit schenkt. Sämtliche Besucher haben sich nun eingefunden. »Ich darf präsentieren: Macbeth von ... Jackie.«

Die ersten Köpfe drehen sich seitwärts, anscheinend haben sie nicht begriffen, wer diese Jackie tatsächlich sein soll. Aber das Raunen flacht schnell ab, als der Bühnenvorhang sich hebt und Jago seine Arbeit beginnt.

In der Mitte der Bühne steht sie, die Herrin des Theaters. Sie kontrolliert alles. Sie hat sie alle gefügig gemacht, untergeordnet, hat ihre Vormachtstellung mit ihren ganz eigenen Methoden unterstrichen. Jackie regt sich nicht, wartet, bis der Spot des Scheinwerfers ihre Position erreicht. Jago führt den Lichtkreis über die Bühnenoberfläche, als würde er nach dem Auftritt suchen, doch er weiß genau, was er zu tun hat.

»Wann treffen wir drei uns das nächste Mal? Bei Regen, Donner, Wetterstrahl?«, beginnt Jackie als Erste Hexe, präzise in dem Moment, als das Licht Jagos sie perfekt in Szene setzt. Das Publikum zeigt sich erfreut. Der Auftritt begeistert die Besucher bis in die letzten Reihen. Jackie spürt die Anerkennung wie streichelnden Wind auf ihrer Haut. Es versetzt sie in einen Glückszustand, auf den sie schon so lange gewartet hat. Sie fühlt sich schön, begehrt und wiegt sich in dem Gefühl des Erfolges.

Erst jetzt erhellt sich die gesamte Bühne und sowohl Ruby, Scarlett als auch die Diva erscheinen. Jackie springt in tanzendem Schritt von einer schweigenden Figur zur nächsten und legt ihnen den Text in ihre Münder. »Wenn der Wirrwarr ist zerronnen, Schlacht verloren und gewonnen.«

Sie bewegt sich zu Scarlett und sagt: »Noch vor Untergang der Sonnen.«

»Wo der Ort ...«

»Die Heide dort!«

Wieder bei Scarlett angekommen, spricht die Herrin. »Da zu treffen Macbeth. Fort!«

»Ich komme, Graupelz.«

»Kröte ruft: sogleich! Schön ist wüst, und wüst ist schön. Wirbelt durch Nebel und Wolkenhöhn!«

Jackie verlässt die Bühne, und all ihre Puppen folgen ihr. Ein weiteres Raunen geht durch das Publikum, das nicht einordnen kann, was das Ziel der Vorstellung ist. Die Besucher tuscheln und zaudern, jedoch macht Jackie unbeirrt weiter.

Das Rampenlicht, das Jago auf sie richtet, ist die Nahrung, die sie benötigt. Die Luft, die sie zum Atmen braucht. Der Beleuchter ist die letzte Puppe gewesen, die Jackie für ihre perfekte Aufführung benötigt hatte. Wie schon bei der Diva setzt er sein ganzes Können ein und ist damit seiner Herrin hörig. Jackie wurde durch ihn nun eine vollwertige Schauspielerin, mit dem perfekten Licht. Genau dies hat sie sich all die Jahre gewünscht. Auf einer Bühne wie dieser wollte sie von Kindesbeinen an stehen. Sämtliche Mitglieder des Kollegiums hat sie sich untertänig gemacht. Sie alle sind Jackies Puppen und folgen ihr aufs Wort. Gleichgültig, welche Rolle sie auch ausfüllen sollen, sie alle stehen bereit, von Edward bis Ruby, von Morales bis Martin. Keiner wurde verschont, sodass die Herrin ihr Ziel erreichen und ihre Rache an dem Theater und allem, was damit in Verbindung steht, vollziehen kann. Selbst Martin hat sie in die Riege der Puppen aufgenommen. Vielleicht sogar aus reiner Zuneigung, denn er war der einzige gewesen, der ihr gegenüber jemals Wohlwollen gezeigt hatte. Jackie verliert ungern einen guten Menschen an ihrer Seite. Dass Martin dies auf eine solche Art nicht gefallen könnte, daran denkt die heutige, zielstrebige Jackie nicht.

Die zweite Szene des ersten Aktes beginnt. Jackie und der Puppenbauer simulieren Kriegsgeschrei hinter der Bühne. Es treten auf: Jackie als König Duncan, zudem die Figuren des Stückes Malcolm, Donalbain und Lenox. Martin kommt ihnen als blutender Krieger entgegen.

»Wer ist der blutige Mann? Er kann berichten. Nach seinem Ansehn scheints, den neuesten Stand des Aufruhrs.«

»Dies ist ja der Kämpfer, der mich als kecker, mutiger Soldat aus meinen Feinden hieb. Heil, tapfrer

Freund! Dem König gib Bericht vom Handgemenge, wie du's verließest«, spricht Jackie auch den Text, der eigentlich Scarlett zugeteilt sein müsste.

Plötzlich passiert es: erste Unmutsäußerungen aus dem Publikum. Jackie ist irritiert. Es ist doch ihre perfekte Inszenierung. Ohne Zweifel ein Irrtum eines einzelnen Besuchers.

»Es stand zweifelhaft. So wie zwei Schwimmer ringend sich umklammern, erdrückend ihre Kunst. Der grause Macdonwald, wert ein Rebell zu sein, ihn so zu stempeln, umschwärmen, stets sich mehrend, der Natur Bosheiten ihn ...«

Die Rufe aus dem Publikum werden lauter.

Jackie hält inne und wirft einen strengen Blick in den abgedunkelten Raum. Sie kann niemanden sehen. Das Scheinwerferlicht blendet sie. Zerplatzt ihr Traum der perfekten Aufführung? Vor ihrem geistigen Auge laufen Bilder ab, die ihr düsteres Leben beschreiben. All die Stürze und Niederlagen. Sie sieht sich als Kind in der kleinen Hundehütte, gefesselt auf dem Gitterbett und in dem Wald, ihren sterbenden Justus in den Armen haltend. Sie sieht Per im Gefängnis verharren und Victor, wie er abtransportiert wird. Aber sie findet wieder zu sich. Jackie erleidet heute keine weitere Niederlage! Dafür ist sie zu stark. Die Frau musste schon zu viel durchmachen, ist hart geworden. Hart zu sich und hart zu ihrer Umgebung.

Rufe, die nach dem Ende der Aufführung trachten, erfüllen den Raum. Jackie begreift. Weiß nun, was sie zu tun hat. Ein Blick zu Edward genügt, dass er umsetzen kann, was der Wille seiner Herrin ist.

»Ich selbst verstärkt durch die abtrünnigen Verräter, beginn den grausen Kampf, bis ihm der Puppen-

bauer, kampfgefeit, entgegenstürmt mit gleicher Überkraft, Schwert gegen Schwert, Arm gegen drohnden Arm, und beug den wilden Trotz mit einem Wort: Der Sieg blieb unser!«

Die Tore im Hintergrund werden von Edward verriegelt. Die Besucher wissen noch nicht, wie ihnen geschieht. Registrieren nicht die Gefahr, die wie eine gierige Harpyie über ihren Köpfen schwebt. Es gibt kein Entkommen. Ohne jede Chance zur Flucht werden die Pforten geschlossen bleiben, bis Jackie hat, was sie begehrt: das perfekte Theaterstück mit dem idealen Publikum.

Das Licht erlischt. Niemand kann mehr die Hand vor Augen sehen. Gestaltlose Finsternis umfängt alles und jeden. Ketten rasseln. Die Puppen kichern. Der Puppenbauer wetzt sein Messer und bereitet seine Peitsche zum Einsatz vor. Jackie überkommt erwartungsfrohe Heiterkeit. »So sei es!«

Der Rest ist alles andere als Schweigen ...

JACKIE

Die Idee zum Roman beruht auf der Figur "Jackie Moon", die der Hauptcharakter der Halloween-Veranstaltung „FORT FEAR Horrorland“ im Freizeitpark FORT FUN Abenteuerland ist und dort auch an den Event-Tagen live auftritt. Der Freizeitpark spricht für das Buch eine deutliche Altersempfehlung ab 18 J. aus. Für die Horror-Attraktionen, welche die Besucher an den FORT FEAR Event-Terminen im Park erleben können, gilt eine Altersempfehlung ab 16 J.

Nur an ganz besonderen Tagen im Oktober verwandelt „JACKIE Moon“ den Freizeitpark FORT FUN Abenteuerland in das „FORT FEAR Horrorland“: Furchterregende Horror-Attraktionen verbreiten Angst & Schrecken, Gruselgestalten durchstreifen den Park, Achterbahnen & Rides im Dunkeln schaffen ein einzigartiges Fahrerlebnis ... und das ist noch nicht alles ... Seid dabei, wenn ihr euch traut!

Mehr Informationen zum Halloween-Event unter FORTFEAR.de, Informationen zum Freizeitpark auf FORTFUN.de.

JACKIE MOON

UND DER REST IST

SCHWEIGEN ...

FORT FEAR
HORRORLAND
DIE HÖLLE IST LEER –
ALLE TEUFEL SIND HIER!
FORT FEAR
FORTFEAR.DE

Weitere Veröffentlichungen des **Titus Verlag:**

Thriller

Darkside Park

Erstes Buch

Ankunft in Porterville

von Ivar Leon Menger

Manche Menschen verschwinden spurlos. Andere kommen völlig verändert zurück. Entdecken Sie das dunkle Geheimnis von Porterville, der scheinbar friedlichen Stadt an der Ostküste Amerikas...! Der Start der spannenden Thriller-Trilogie. Sechs verschiedene Menschen, sechs verschiedene Schicksale und ein Geheimnis, das alles miteinander verbindet. Darkside Park - die mehrfach prämierte Thriller-Serie in drei Büchern. Verfasst von den bekannten Hörspiel-Autoren Hendrik Buchna, Christoph Zachariae, John Beckmann, Simon X. Rost und Raimon Weber.

Taschenbuch - 9,90 € - ISBN 978-3-942277-08-2

Kriminalroman

Milchshake für Blasius

von Sascha Ehlert

In einem kleinen Dorf im Taunus führt Blasius ein Leben, geprägt vom Alltag. Als er auf Pit trifft, gerät er plötzlich in das für ihn unbekannte Frankfurter Milieu. Blasius gerät an den gefährlichen Barkley und damit in sein Abenteuer um Leben, Tod, Geld und Sex.

Über allem steht zudem bedrohlich die Ankunft des Killers, dem ›Schönen Marcello‹. Wird Blasius es schaffen, sich aus den Fängen des Milieus zu lösen? Der Autor Sascha Ehlert erzählt die Ereignisse auf seine ganz eigene Art und mit der gewohnten Prise Humor, die auch in einer solchen Kriminalgeschichte nicht fehlen darf. Der Roman erinnert in seiner bildhaften Darstellung an einen Krimi, der markante Charaktere beinhaltet.

Taschenbuch - 236 Seiten - 9,90 € - ISBN 978-3-942277-01-3

TITUS
VERLAG

Bremenstraße 9
65191 Wiesbaden
Telefon 0611-7109703
Telefax 0611-7109704
E-Mail: info@titus-verlag.de
Internet: www.titus-verlag.de